EZ Korea

빅 데 이 터 분 석 토 픽 시 험 어 휘

韓檢大數據
重點單字 初級

吉政俊◎著　陳慧瑜◎譯

CHAPTER 3
填空練習

本書聽力練習
音檔線上聽

1. 掃描 QRCode

→ 2. 回答問題

→ 3. 完成訂閱

→ 4. 聆聽音檔。

이 책은 TOPIK I 기출 문제에 출현한 1,374 개의 모든 단어를 수록했습니다 .

단어는 중요도 순으로 제시했습니다 . 단어를 배열하는 방법에는 크게 '빈도 (frequency)' 와 '중요도 (keyness)' 가 있습니다 . 빈도에 의한 배열은 가장 많이 사용하는 단어부터 고빈도순으로 제시하는 것입니다 . 중요도는 단어가 사용된 총 횟수와 출제된 문항의 수를 종합적으로 반영하여 통계 프로그램으로 산출합니다 .

명사로 예를 들면 , '사람' 이라는 단어는 111 개의 문장에서 169 회로 가장 많이 출현한 명사입니다 . 그러한 단어로는 '사람 - 친구 - 여자 - 남자 - 때 - 집' 등이 있습니다 . 이런 단어들은 한국인이 말을 하거나 글을 쓸 때 습관적으로 자주 쓰는 단어로서 시험을 위한 단어로서는 중요성이 크지 않습니다 .

반면 , '공책' 이라는 단어는 4 개의 문장에서 20 회 출현했지만 사용 양상면에서 가중치가 가장 높은 명사입니다 . 이런 단어로는 '공책 - 냉장고 - 대학생 - 식혜 - 한복 - 얼음' 등이 있습니다 . 즉 , 중요도가 높은 단어는 토픽 시험에서 여러분의 어휘 실력을 변별하는 기준이 되므로 토픽 시험을 출제하는 전문가들이 정말 중요하다고 생각할 수 있는 단어들인 셈입니다 .

이러한 통계적 중요도에 따라 배열된 단어로 공부하면 ① 시험 준비를 할 때 앞으로 출제될 가능성이 높은 단어에 우선순위를 두고 집중할 수 있고 ② 상대적으로 덜 중요한 단어에는 많은 시간을 쓰지 않아도 되는 장점이 있습니다 .

예외적으로 , 조사는 문장 안에서 기능적인 역할을 하는 단어이므로 중요도보다는 빠른 검색을 위해 사전식 (가나다 순) 배열을 하였습니다 .

　　本書收錄了 TOPIK I 考古題中出現過的 1374 個單字。單字的排列方式以「頻率」和「重要度」來呈現。頻率的排列是從最常使用的單字為準，重要度則是根據該單字被使用的總次數和出現數進行綜合統計後篩選出來的結果。

　　若以名詞為例，「사람人」這個單字總共出現在 111 個句子共 169 次，是最常出現的名詞。像這種類型的單字有「사람人、친구朋友、여자女生、남자男生、때時候、집家」等等之類。這類的單字是韓國人說話或寫作時習慣性常使用的單字，但對於準備考試來說，重要性則不是那麼的高。

　　相反地，「공책筆記本」這類的單字雖然只出現在四個句子中共 20 次，但在使用上卻是 CP 值最高的名詞。像這類型的單字有「공책筆記本、냉장고冰箱、대학생大學生、식혜食醯、한복韓服、얼음冰塊」等等之類。也就是說，重要度高的單字對於各位在韓檢考試中具有辨識度的，並且是出題委員認為真正重要的單字。

　　根據重要度統計排列的單字來讀的話，準備考試時以命題率高的單字優先熟習，至於相對來說重要性較低的單字則不需花費太多時間學習。

　　不過，助詞在句子中是擔任功能性上的角色，為了方便大家查詢，本書助詞是按照韓文字母順序進行排列。

　　詞彙篇將按照詞性分類整理，各詞性裡的單字都有標示出★號，★愈多即代表出現的頻率與重要度愈高，倘若準備考試的時間有限的話，各位可以優先閱讀★號數較多的單字。

　　另外韓文中有許多同形異義詞（동형이의어），也就是同一個字有許多不同的意思，為了能區分清楚，韓文裡會使用特定的號碼來表示。例如「눈」這個單字就有「눈⁰¹」（眼睛）和「눈⁰⁴」（雪）這樣的標示，書中也會將這類詞彙標示出來，以便各位參考學習。

名詞

★★★ **공책** 〔空冊〕	筆記本
	어제 문구점에서 공책 한 권을 샀습니다 . 我昨天在文具店裡買了一本筆記本。

★★★ **냉장고** 〔冷藏庫〕	冰箱
	친구는 저에게 냉장고를 사 주었습니다 . 朋友買了冰箱給我。

★★★ **대학생** 〔大學生〕	大學生
	민수 씨는 대학생입니다 . 民洙先生是大學生。

★★★ **식혜** 〔食醯〕	食醯，韓國的傳統甜米露，通常視作飲料和甜點。
	식혜는 달고 맛있는 한국의 전통 음료수입니다 . 食醯是又甜又好喝的韓國傳統飲料。

★★★ **한복** 〔韓服〕	韓服
	한국에서 한복을 입어 보려고 합니다 . 我想在韓國穿穿看韓服。

★★★
얼음

冰塊

음료 맛은 작은 얼음을 넣을 때 천천히 변합니다 .
飲料的味道會在放進小冰塊時慢慢改變。

★★★
토마토
〔tomato〕

番茄

노란색 토마토는 보통 토마토보다 맛이 더 답니다 .
黃色番茄比一般的番茄要甜。

★★★
밀가루

麵粉

포도나 딸기를 씻을 때 밀가루로 씻으면 좋습니다 .
洗葡萄跟草莓時，用麵粉洗會很不錯。

★★★
달걀

雞蛋

近義詞 ⇒ P.254

오래된 달걀과 신선한 달걀을 알 수 있는 방법이 있습니다 .
有方法可以分辨久放的蛋跟新鮮的蛋。

★★★
강아지

小狗

저는 길에서 데려온 강아지를 키우고 있습니다 .
我正在養從街上帶回來的小狗。

★★★
사진기
〔寫眞機〕

相機

미술관으로 사진기를 가지고 들어오시면 안 됩니다 .
不能帶相機進美術館。

★★★
태풍
〔颱風〕

颱風

태풍은 보통 7 월부터 9 월까지 많이 생깁니다 .
颱風一般很常在 7 月到 9 月生成。

★★★
한옥
〔韓屋〕

韓屋

한옥에서 차를 마시고 잠도 잤어요 .
我在韓屋喝茶睡覺。

★★★ **장미** 〔薔薇〕	玫瑰	
	장미 축제를 하는데 같이 갈래요 ? 在舉辦玫瑰節，要不要一起去？	

★★★ **설탕** 〔雪糖〕	糖	
	꽃병에 설탕을 넣으면 꽃이 오래 삽니다 . 如果在花瓶裡放糖，花可以活得很久。	

★★★ **기찻길** 〔汽車길〕	鐵路	
	기찻길 옆에 기차 모양의 카페가 많습니다 . 鐵路旁邊有很多火車模樣的咖啡廳。	

★★★ **초대** 〔招待〕	招待	
	파티에 초대를 받았는데 입고 갈 원피스가 없어요 . 我受邀去參加派對，但沒有可以穿去的洋裝。	

★★★ **마라톤** 〔marathon〕	馬拉松	
	마라톤 때문에 길이 좀 막힙니다 . 因為馬拉松，路上有點塞。	

★★★ **스키장** 〔ski 場〕	滑雪場	
	어제 스키장에 가서 스키를 탔습니다 . 我昨天去滑雪場滑雪。	

★★★ **눈** 01	眼睛	
	눈은 한번 나빠지면 다시 좋아지기 힘듭니다 . 眼睛一旦變壞，就很難再變好了。	

★★★ **설명** 〔說明〕	說明	
	오늘 관광 일정에 대해 설명을 해 드릴게요 . 我跟各位說明一下今天的觀光行程。	

★★★
음악회
〔音樂會〕

音樂會

우리 부모님도 음악 좋아하시니까 같이 음악회에 가야겠어요 .
我的父母也喜歡音樂，所以應該會一起去音樂會。

★★★
비누

肥皂

인터넷을 보고 아이의 피부에 좋은 비누를 만들었습니다 .
我參考網路，做了對孩子皮膚好的肥皂。

★★★
떡볶이

辣炒年糕

보통 우리가 먹는 떡볶이는 맵습니다 .
一般我們吃的辣炒年糕是辣的。

★★★
장미꽃
〔薔薇꽃〕

玫瑰花

그럼 장미꽃으로 열 송이 주세요 .
那請給我十朵玫瑰。

★★★
지폐
〔紙幣〕

紙幣

지폐가 동전보다 먼저 나왔습니다 .
紙幣比硬幣還要早問世。

★★★
낚시

釣魚

이 곳에서 낚시 재료를 살 수 있습니다 .
你可以在這個地方買到釣魚的材料。

★★★
미래
〔未來〕

未來

미래에는 자동차가 하늘로 다닐 것입니다 .
汽車在未來可以在天上飛。

★★★
아침밥
早飯

아침밥을 못 먹고 와서 배가 고프네요 .

我沒吃早飯就來了，所以肚子很餓。

名詞「아침早」有兩種意思（①早上②早餐），所以上方的例句也可以寫成「아침을 못 먹고 와서 배가 고프네요 . 我沒吃早飯就來了，所以肚子很餓。」「점심、저녁」也是一樣。

★★★
종이컵
[종이 cup]
紙杯

종이컵은 바로 쓰레기가 됩니다 .

紙杯馬上就會變成垃圾。

★★★
수학 02
〔數學〕
數學

이번 주에 수학 시험이 있습니다 .

這週有數學考試。

★★★
대사관
〔大使館〕
大使館

여권을 잃어버리면 빨리 대사관으로 가야 합니다 .

如果護照不見了，就必須趕快去大使館。

★★★
빵
麵包

저녁에는 빵 가게에서 아르바이트를 합니다 .

我晚上在麵包店打工。

★★★
주차장
〔駐車場〕
停車場

아파트의 다른 주차장을 이용하시기 바랍니다 .

請利用公寓其他的停車場。

★★★
치마
裙子

요즘 짧은 치마가 유행입니다 .

最近短裙很流行。

1. 다음을 듣고 물음에 맞는 대답을 고르십시오 . 🎧 01

   ① 네 , 회사원입니다 .　　　　　　② 아니오 , 회사원이 아닙니다 .
   ③ 네 , 대학생입니다 .　　　　　　④ 아니오 , 대학생입니다 .

2. 다음은 무엇에 대해 말하고 있습니까 ? 알맞은 것을 고르십시오 . 🎧 02

   ① 건강　　　　　② 날씨　　　　　③ 계획　　　　　④ 여행

3. 무엇에 대한 이야기입니까 ? 알맞은 것을 고르십시오 .

   > 얼음이 있습니다 . 음료수도 있습니다 .

   ① 텔레비전　　　　② 옷장　　　　③ 냉장고　　　　④ 침대

4. (　) 에 들어갈 가장 알맞은 것을 고르십시오 .

   > (　) 에 갑니다 . 눈이 내립니다 .

   ① 음악회　　　　② 대사관　　　　③ 주차장　　　　④ 스키장

聽力原文

1. 남자 : 대학생입니까 ?
   여자 : ＿＿＿＿＿＿＿＿＿＿＿＿＿ .

答案

2. 여자 : 바람이 많이 불어요 .
   남자 : 태풍이 오고 있어요 .

1. ③　　　2. ②　　　3. ③　　　4. ④

우산
〔雨傘〕
★★★

雨傘

제가 우산을 가지고 왔으니까 우리 같이 써요 .
我有帶雨傘來，我們一起撐吧。

피아노
〔piano〕
★★★

鋼琴

피아노를 치면서 좋아하는 가수의 노래를 부릅니다 .
我一邊彈琴，一邊唱喜歡的歌手的歌。

국수
★★★

麵

얼마 전 이 국수 가게가 방송에 소개되었습니다 .
不久前有節目介紹過這間麵店。

게임
〔game〕
★★★

遊戲

저는 컴퓨터 게임을 아주 좋아합니다 .
我非常喜歡電腦遊戲。

잡지
〔雜誌〕
★★★

雜誌

매달 잡지를 사러 서점에 갑니다 .
我去書店買雜誌月刊。

사과 01
〔沙果〕
★★★

蘋果

저는 매일 아침 사과를 한 개씩 먹습니다 .
我每天早上都會吃一顆蘋果。

볼펜
〔ball pen〕
★★★

原子筆

볼펜으로 글을 쓰면 지우개로 지울 수 없습니다 .
用原子筆寫字的話，橡皮擦擦不掉。

연극
〔演劇〕
★★★

舞台劇

연극은 앞자리에서 보면 더 재미있습니다 .
舞台劇要在前面的位子觀看比較有趣。

★★★ **구두**	皮鞋 어제 산 구두가 발에 잘 안 맞아요 . 我昨天買的皮鞋不太合腳。
★★★ **타워** 〔tower〕	塔 서울 타워에 올라가면 날씨가 좋은 날에는 인천까지 보입니다 . 爬上首爾塔後，如果天氣好，甚至可以看到仁川。
★★★ **동전** 〔銅錢〕	硬幣 공항버스 표를 동전으로도 살 수 있습니다 . 機場巴士的票可以用硬幣買。
★★★ **형제** 〔兄弟〕	兄弟 민수와 어릴 때부터 형제처럼 지냈습니다 . 我從小就跟民洙像兄弟一樣相處。
★★★ **축제** 〔祝祭〕	節、慶典 만화 축제에서는 여러 나라의 만화를 볼 수 있습니다 . 在漫畫節可以看到來自各個國家的漫畫。
★★★ **기숙사** 〔寄宿舍〕	宿舍 이번 주에 학생들은 기숙사를 나가야 합니다 . 學生們必須在這週搬出宿舍。
★★★ **포도** 〔葡萄〕	葡萄 여름 과일 중에는 포도가 제일 맛있습니다 . 夏季水果中葡萄最好吃。
★★★ **코**	鼻子 동생은 눈이 크지만 코는 작습니다 . 弟弟／妹妹眼睛雖大，但鼻子卻很小。

그림책 〔그림冊〕 ★★★
繪本

초등학생이 읽을 수 있는 그림책이 많습니다 .
有很多國小生可以閱讀的繪本。

시작 〔始作〕 ★★★
開始

아직 영화 시작 안 했어요 .
電影還沒開始。

배 03 ★★★
梨子

배는 물이 많고 달아서 자주 먹습니다 .
梨子多汁又甜，所以我經常吃。

스키 〔ski〕 ★★★
滑雪

우리도 즐겁게 스키를 탔습니다 .
我們也開心地滑了雪。

레몬 〔lemon〕 ★★★
檸檬

사람들은 레몬으로 차를 만들어서 마시기도 합니다 .
人們也會用檸檬泡茶來喝。

의사 〔醫師〕 ★★★
醫生

아버지는 내과 의사입니다 .
父親是內科醫生。

소개 〔紹介〕 ★★★
介紹

한 사람씩 자기 소개를 해 주십시오 .
請大家一個一個介紹自己。

여동생 〔女동생〕 ★★★
妹妹

저와 제 여동생은 같은 날 태어났습니다 .
我跟我妹妹同一天出生。

사전 [02]
〔辭典〕
★★★

字典

단어를 모르면 사전을 찾아 보세요 .

如果不知道單字，請查字典。

배우
〔俳優〕
★★★

演員

하지만 배우가 되는 것은 생각보다 어려웠습니다 .

不過要成為演員比想像中還困難。

演戲的人統一稱為「배우演員」，但具體來說，在電影裡登場的演員稱為「영화배우電影演員」，在劇場演出的演員則稱為「연극배우劇場演員」。而出現在電視連續劇裡的演員則稱為「탤런트電視演員」。

역
〔驛〕
★★★

站

마지막 역에서는 따뜻한 차를 마십니다 .

我們在最後一站喝杯熱茶吧。

출발
〔出發〕
★★★

出發

날씨 때문에 비행기 출발 시간이 늦어졌어요 .

飛機因為天氣的關係，出發時間延遲了。

계란
〔鷄卵〕
★★★

雞蛋

近義詞 ⇒ P.254

라면을 끓일 때 계란을 넣으면 더 맛있습니다 .

煮泡麵的時候如果放雞蛋會更好吃。

정원
〔庭園〕
★★★

庭園

꽃을 심고 정원을 가꾸는 게 보통 일이 아닙니다 .

種植花朵、維護庭園不是簡單的事情。

가방
★★★

包包

아이들에게 가방을 만들어 줍니다 .

我給孩子們做包包。

★★★
기차역
〔汽車驛〕

火車站

저녁 7 시에 기차역에서 만나기로 했어요 .
我們決定晚上 7 點在火車站見。

★★★
자료
〔資料〕

資料

사장님은 회의 자료가 필요합니다 .
老闆需要會議資料。

★★★
교회
〔教會〕

教會

일요일 아침에는 교회에 갑니다 .
我星期日早上去教會。

| 練習題2・연습 문제2 |

1. 다음을 듣고 물음에 맞는 대답을 고르십시오 .　　　　　　🎧 03

　　① 아빠는 의사가 아니에요 .　　　　② 엄마는 선생님이에요 .
　　③ 친구도 선생님이에요 .　　　　　④ 제가 의사예요 .

2. 여기는 어디입니까 ? 알맞은 것을 고르십시오 .　　　　　🎧 04

　　① 영화관　　　② 교회　　　③ 기차역　　　④ 기숙사

3. 무엇에 대한 이야기입니까 ? 알맞은 것을 고르십시오 .

　　┌─────────────────────────────┐
　　│ 저는 노래를 좋아합니다 . 피아노도 잘 칩니다 . │
　　└─────────────────────────────┘

　　① 수학　　　② 미술　　　③ 음악　　　④ 게임

4. (　) 에 들어갈 가장 알맞은 것을 고르십시오 .

　　┌─────────────────────────────┐
　　│ 친구는 유명한 (　) 입니다 . 영화에 나옵니다 . │
　　└─────────────────────────────┘

　　① 배우　　　② 형제　　　③ 의사　　　④ 화가

聽力原文

1. 남자 : 누가 의사예요 ?

　　여자 : ＿＿＿＿＿＿＿＿＿＿ .

答案

1. ④　　　2. ③　　　3. ③　　　4. ①

2. 여자 : 2 시 표 한 장 주세요 .

　　남자 : 여기 있습니다 . 곧 출발합니다 .

★★★ **숙제** 〔宿題〕	功課 내일까지 숙제를 꼭 내세요 . 明天前請一定要交作業。
★★★ **과자** 〔菓子〕	餅乾 저는 친구에게 주려고 과자를 만들었습니다 . 我做了餅乾想送給朋友。
★★★ **신발**	鞋子 제 발에 맞는 신발이 없습니다 . 沒有符合我腳尺寸的鞋子。
★★★ **열쇠**	鑰匙 요즘은 문을 열 때 꼭 열쇠가 필요한 것은 아닙니다 . 最近開門的時候並不一定需要鑰匙。
★★★ **수박**	西瓜 날씨가 더우니까 시원한 수박이나 먹읍시다 . 天氣很熱，來吃冰涼的西瓜吧。
★★★ **떡**	年糕 이번 주에 떡 만들기 행사가 있습니다 . 這週有製作年糕的活動。
★★★ **스프**	調味料 국물을 먹고 싶으면 스프를 조금만 넣습니다 . 如果想喝湯汁的話，調味料可以放少一點。
★★★ **편의점** 〔便宜店〕	便利商店 바나나 우유를 사러 편의점에 갔습니다 . 我去便利商店買香蕉牛奶。

★★★ **구름**	雲 하늘에는 예쁜 흰 구름이 있습니다. 天空有美麗的白色雲朵。
★★★ **춤**	舞 저는 춤을 잘 춥니다. 我很會跳舞。
★★★ **인형** 〔人形〕	娃娃 신청한 어린이에게는 예쁜 인형을 드립니다. 我們會送漂亮的娃娃給申請的小朋友。
★★★ **노래**	歌曲 제가 울 때는 재미있고 신나는 노래를 불러 주셨습니다. 在我哭的時候，唱了有趣、開心的歌給我聽。
★★★ **웃음**	笑 영화가 너무 재미있어서 웃음을 참을 수 없습니다. 電影太有趣，實在忍不住笑。
★★★ **안경** 〔眼鏡〕	眼鏡 고등학생 때 안경을 쓰기 시작했습니다. 我從高中的時候開始戴眼鏡。
★★★ **시험** 〔試驗〕	考試 오늘 시험을 잘 본 것 같습니다. 今天的考試應該考得不錯。
★★★ **바람**	風 비가 오고 바람도 많이 붑니다. 雨在下，風也很大。

창문
〔窗門〕

窗戶

창문 쪽에 앉고 싶습니다 .
我想坐在窗邊。

쇼핑
〔shopping〕

購物

내일 쇼핑하러 갈까요 ?
明天要去購物嗎？

회의
〔會議〕

會議

회의가 있어서 서류를 준비해야 합니다 .
因為有會議，我必須準備文件。

언니

姐姐

우리 언니는 시골 학교에서 학생들을 가르칩니다 .
我姐姐在鄉下學校教學生。

신분증
〔身分證〕

身分證

신분증이 없으면 안내소에 전화번호를 알려 주면 됩니다 .
如果沒有身分證，可以告訴服務台電話號碼。

팀
〔team〕

隊伍

상대 팀 선수들은 모두 키가 클 것 같습니다 .
對方隊伍的選手好像身高都很高。

공항버스
〔空港 bus〕

機場巴士

인천공항까지 가는 공항버스를 탔습니다 .
我搭了前往仁川機場的機場巴士。

주스
〔juice〕

果汁

집에서 직접 만드는 과일 주스는 신선하고 맛있습니다 .
我在家親自做的果汁新鮮又好喝。

★★★
통장
〔通帳〕

帳戶

통장을 만들어서 저금을 할 겁니다 .
我辦了帳戶，打算存錢。

★★★
오빠

哥哥

나이가 많은 친한 남자에게 오빠라고 부릅니다 .
對年紀比較大又親近的男生會叫他오빠 (哥哥)。

★★★
글씨

字體

글씨를 예쁘게 쓰고 있습니다 .
字體寫得很漂亮。

★★★
고기

肉

남동생은 채소보다 고기를 더 좋아합니다 .
弟弟比起蔬菜更喜歡肉。

★★★
자동차
〔自動車〕

汽車

저는 작년부터 자동차 파는 일을 하고 있습니다 .
我從去年開始做銷售汽車的工作。

★★★
은행원
〔銀行員〕

銀行員

어머니는 은행원입니다 .
母親是銀行員。

★★★
눈꽃

雪花

겨울에 기차를 타고 떠나는 '눈꽃 여행'이 있습니다 .
冬天有搭火車出發的「雪花旅行」。

★★★
바지

褲子

이 바지 입어 볼 수 있어요 ?
我可以穿穿看這個褲子嗎？

★ ★ ★ **소금**	鹽
	라면은 맛있지만 소금이 많이 들어 있어서 건강에 나쁩니다 . 雖然泡麵很好吃，但因為加了很多鹽，對健康不好。
★ ★ ★ **출장** 〔出張〕	出差
	출장 잘 다녀오세요 . 出差路上小心。
★ ★ ★ **식빵** 〔食빵〕	吐司
	식빵으로 샌드위치를 만들어서 먹습니다 . 我用吐司做三明治來吃。

1. 다음을 듣고 이어지는 말을 고르십시오 . 🎧 05

① 네 , 부탁합니다 . ② 네 , 뭘 도와 드릴까요 ?

③ 네 , 신분증 갖고 오셨어요 ? ④ 네 , 안녕히 가세요 .

2. 다음은 무엇에 대해 말하고 있습니까 ? 알맞은 것을 고르십시오 . 🎧 06

① 선물 ② 연락 ③ 파티 ④ 사진

3. 무엇에 대한 이야기입니까 ? 알맞은 것을 고르십시오 .

> 과일로 만듭니다 . 시원하게 마십니다 .

① 떡 ② 과자 ③ 주스 ④ 식빵

4. ( ) 에 들어갈 가장 알맞은 것을 고르십시오 .

> ( ) 가 없습니다 . 집에 못 들어갑니다 .

① 열쇠 ② 회의 ③ 지폐 ④ 요리

聽力原文

1. 남자 : 통장을 만들고 싶은데요 .

   여자 : _____ .

答案

| 1. ③ | 2. ① | 3. ③ | 4. ① |

2. 남자 : 생일에 뭘 가지고 싶어요 ?

   여자 : 인형을 받고 싶어요 .

발표
〔發表〕
★ ★ ★

發表

작년보다 발표를 신청한 동아리가 많습니다 .
申請發表的社團比去年多。

사장
〔社長〕
★ ★ ★

老闆

사장님은 지금 회의실에 계세요 .
老闆現在在會議室。

시계
〔時計〕
★ ★ ★

時鐘

이 시계는 고장이 난 것 같아요 .
這個時鐘好像故障了。

귀
★ ★ ★

耳朵

비행기 안에서 귀가 계속 아팠습니다 .
我在飛機裡面一直覺得耳朵痛。

불고기
★ ★ ★

烤肉

이 한식당은 불고기가 참 맛있습니다 .
這間韓國料理店的烤肉真好吃。

우유
〔牛乳〕
★ ★ ★

牛奶

저는 꼭 커피에 우유를 넣어서 마십니다 .
我一定會在咖啡裡加牛奶喝。

기타
〔guitar〕
★ ★ ★

吉他

기타를 오래 배워서 잘 칩니다 .
我吉他學了很久，所以彈得很好。

행사장
〔行事場〕
★ ★ ★

活動場所

공연을 위해서 행사장 준비를 하고 있습니다 .
活動場所正為了演出做準備。

★★★ **졸업식** 〔卒業式〕	畢業典禮
	내일은 졸업식이 있는 날입니다 .
	明天是畢業典禮的日子。

★★★ **며칠**	幾天
	며칠 동안 주무실 거예요 ?
	您要住幾天？

★★★ **농구** 〔籠球〕	籃球
	날씨가 좋으면 운동장에서 농구 대회를 할 겁니다 .
	天氣好的話，運動場就會舉辦籃球比賽 。

★★★ **세탁소** 〔洗濯所〕	洗衣店
	세탁소에서 겨울옷을 세탁했습니다 .
	我在洗衣店裡洗冬天的衣服。

★★★ **야구장** 〔野球場〕	棒球場
	야구장에 간 것은 처음이었습니다 .
	我是第一次去棒球場。

★★★ **모자** 02 〔帽子〕	帽子
	햇빛이 강하니까 모자를 쓰고 나가세요 .
	陽光很強，請戴帽子再出去。

★★★ **카페** 〔cafe〕	咖啡廳
	카페에서 차를 주문하고 기다립니다 .
	我在咖啡廳點茶後等待。

★★★ **부탁** 〔付託〕	拜託
	많은 관심 부탁 드립니다 .
	請大家多多關注。

★★★ **지갑** 〔紙匣〕	錢包 지갑을 집에 놓고 나왔어요 . 我把錢包忘在家裡了。
★★★ **딸기**	草莓 이 집은 딸기 케이크가 유명해요 . 這家的草莓蛋糕很有名。
★★★ **하늘**	天空 하늘도 맑고 날씨도 좋습니다 . 天空很晴朗，天氣也很好。
★★★ **양말**	襪子 저는 양말 공장에서 일한 적이 있습니다 . 我有在襪子工廠工作過。
★★★ **전화기** 〔電話機〕	電話 손님 , 여기 전화기 놓고 가셨어요 . 客人，您忘了把電話帶走了。
★★★ **초등학교** 〔初等學校〕	國小 이 책은 초등학교에 가기 전에 읽는 책입니다 . 這本書是上國小前讀的書。
★★★ **결혼식** 〔結婚式〕	婚禮 결혼식에 사람들을 많이 초대합니다 . 婚禮招待了很多人。
★★★ **눈**⁰⁴	雪 눈이 오는 겨울이 되면 스키를 타러 갑니다 . 如果是下雪的冬天，就會去滑雪。

센터 〔center〕
中心

네, 백화점 서비스 센터입니다.
您好,這裡是百貨公司服務中心。

그릇
碗

손에 그릇을 들고 밥을 먹으면 안 됩니다.
不能用手把碗拿起來吃飯。

오른손
右手

사람들은 보통 오른손으로 기타를 칩니다.
一般人們會用右手彈吉他。

왼손
左手

지금은 왼손으로 글씨를 쓰는 것이 익숙합니다.
我現在習慣用左手寫字。

누나
姐姐

누나는 저보다 세 살이 더 많습니다.
姐姐比我大三歲。

기억 〔記憶〕
記憶

가장 기억에 남는 영화는 '러브 스토리'입니다.
我最印象深刻的電影是「愛的故事」。

편지 〔便紙〕
信件

할머니 생신 때 편지를 써서 보냈습니다.
我在奶奶生日的時候寫了信寄過去。

김치
辛奇

김치를 혼자 담그기 힘듭니다.
辛奇很難自己醃。

★★★ **앞자리**	前面的位子	
	너무 앞자리라서 목이 좀 아팠어요 . 位子太前面，所以脖子有點不舒服。	

★★★ **첫사랑**	初戀	
	첫사랑을 지금까지도 잊지 못하고 있습니다 . 我到現在還忘不了初戀。	

★★★ **자전거**	腳踏車	
	아이가 탈 자전거 좀 보여 주세요 . 請給我看一下小孩騎的腳踏車。	

1. 다음을 듣고 물음에 맞는 대답을 고르십시오 .　🎧 07

　　① 아니요 , 김치가 맵지 않아요 .　　② 아니요 , 김치가 아니에요 .
　　③ 네 , 김치가 뜨거워요 .　　④ 네 , 김치예요 .

2. 여기는 어디입니까 ? 알맞은 것을 고르십시오 .　🎧 08

　　① 서점　　② 은행　　③ 야구장　　④ 카페

3. 무엇에 대한 이야기입니까 ? 알맞은 것을 고르십시오 .

> 돈이 필요합니다 . 안 가지고 나왔습니다 .

　　① 시계　　② 모자　　③ 바지　　④ 지갑

4. (　) 에 들어갈 가장 알맞은 것을 고르십시오 .

> 어머니의 생신입니다 . (　) 를 써서 보냈습니다 .

　　① 일기　　② 편지　　③ 메모　　④ 소포

聽力原文

1. 여자 : 김치가 매워요 ?
　　남자 : _____ .

答案

　1. ①　　2. ④　　3. ④　　4. ②

2. 여자 : 뭘 드릴까요 ?
　　남자 : 커피 한 잔 주세요 .

★★★ **회사원** 〔會社員〕	上班族 저는 졸업 후에 회사원이 되고 싶습니다 . 我畢業後想當上班族。
★★★ **전시회** 〔展示會〕	展覽 곧 첫 번째 전시회를 하신다고요 ? 聽說你很快就要辦第一次展覽了？
★★★ **형** 〔兄〕	哥哥 서점에서 아는 동네 형을 만났습니다 . 我在書店遇到社區認識的哥哥。
★★★ **고양이**	貓 처음에 고양이는 저한테 가까이 오지 않았습니다 . 一開始貓不願意靠近我。
★★★ **박물관** 〔博物館〕	博物館 박물관 안에는 기념품을 살 수 있는 가게도 있습니다 . 博物館裡面也有可以買紀念品的商店。
★★★ **사계절** 〔四季節〕	四季 봄 , 여름 , 가을 , 겨울을 사계절이라고도 합니다 . 春天、夏天、秋天、冬天也叫四季。
★★★ **동아리**	社團 학생회관에서 동아리 발표회를 합니다 . 學生會館裡面會舉辦社團發表。
★★★ **꽃길**	賞花路 다음 달에 한강 꽃길 걷기 축제가 있어요 . 下個月有漢江賞花路健行節。

★★★ **계단** 〔階段〕	階梯、樓梯
	청소하는 동안 학생들은 계단으로 다닐 수 없습니다 . 打掃期間學生不能走樓梯。

★★★ **문구점** 〔文具店〕	文具店
	문구점에 가서 볼펜과 지우개를 샀습니다 . 我去文具店買了原子筆跟橡皮擦。

★★★ **버스** 〔bus〕	公車
	한 번에 가는 버스는 없으니까 지하철을 타고 가세요 . 沒有直達的公車,所以請搭地鐵。

★★★ **라면** 〔ramen. ラー メン〕	泡麵
	라면 끓일 때 김치하고 계란 넣어 주세요 . 煮泡麵的時候請加辛奇跟雞蛋。

★★★ **어머니**	母親
	어머니는 내일 할머니와 연극을 보러 가실 겁니다 . 母親明天會跟奶奶去看舞台劇。

★★★ **배드민턴** 〔badminton〕	羽球
	우리 여기서 배드민턴 칠까요 ? 我們在這裡打羽球如何?

★★★ **여권** 〔旅券〕	護照
	요즘은 주말에도 여권을 신청할 수 있는 곳이 있어요 . 最近也有可以在週末申請護照的地方。

★★★ **부모님** 〔父母님〕	父母
	제임스 씨의 부모님 중 한 분은 한국 사람입니다 . 詹姆斯先生的父母中有一個是韓國人。

★★★ **목**	**脖子** 목 주위를 따뜻하게 해 주는 것도 도움이 됩니다 . 讓脖子周圍保持溫暖也會有幫助。
★★★ **파란색** 〔파란色〕	**藍色** 이 파란색 구두 어때요 ? 這個藍色皮鞋如何？
★★★ **비행기** 〔飛行機〕	**飛機** 공항에 비행기를 타러 일찍 왔습니다 . 我為了搭飛機，很早就來到了機場。
★★★ **국물**	**湯汁、湯、燉湯裡除了料以外的湯水** 라면 국물은 다 마시지 않는 게 좋습니다 . 泡麵的湯汁最好不要喝完。 連續劇或小說中經常出現「국물도 없다—點湯汁都不剩」這樣的說法。這是什麼意思呢？煮泡麵的時候，麵、蔬菜跟雞蛋之類的料是最重要的內容物。之後才會喝剩下的湯，或是再把飯加進去吃。但是如果連剩下的湯汁都沒有的話，就代表「沒有任何利益或可期待的事物」。
★★★ **섬**	**島** 여수에 있는 섬인데 , 경치가 아름다워서 드라마에 자주 나와요 . 這是位在麗水的島，風景很漂亮，所以經常在連續劇裡出現。
★★★ **직업** 〔職業〕	**職業** 제 직업은 영화배우입니다 . 我的職業是電影演員。
★★★ **대회** 〔大會〕	**比賽** 이번 주 일요일에 한강 공원에서 마라톤 대회가 있습니다 . 這週日漢江公園有馬拉松比賽。

★★★ **달력** 〔달曆〕	月曆
	달력에서 빨간색 날짜는 휴일입니다 . 月曆上紅色的日期是假日。

★★★ **컴퓨터** 〔computer〕	電腦
	회사원들은 오랜 시간 앉아서 컴퓨터를 보고 일합니다 . 上班族長時間坐著看電腦工作。

★★★ **소포** 〔小包〕	包裹
	이 소포 미국에 가장 빠른 걸로 보내고 싶은데요 . 這個包裹我想要用最快的速度寄到美國。

★★★ **아버지**	父親
	아버지의 가방을 바꿔 드리고 싶습니다 . 我想幫父親換包包。

★★★ **투어** 〔tour〕	觀光
	이 버스는 시청에서 강남역까지 가는 서울 투어 버스입니다 . 這個公車是從市政府到江南站的首爾觀光巴士。

★★★ **여행사** 〔旅行社〕	旅行社
	단풍 구경을 가려면 여행사 상품을 이용해 보세요 . 如果想去賞楓，可以用看看旅行社的商品。

★★★ **테니스** 〔tennis〕	網球
	테니스를 보러 경기장에 갔습니다 . 我去體育場看網球。

★★★ **지우개**	橡皮擦
	지우개로 잘못 쓴 글을 쉽게 지울 수가 있습니다 . 可以輕鬆地用橡皮擦把錯字擦掉。

★★★ **책장** 〔冊欌〕	**書櫃** 지금까지 책장 하나와 의자 두 개를 만들었습니다 . 我到目前為止做了一個書櫃跟兩個椅子。
★★★ **동물** 〔動物〕	**動物** 우리 동네 산에는 동물들이 많이 살고 있습니다 . 我們社區的山住著很多動物。
★★★ **공부** 〔工夫〕	**讀書** 공부와 일을 같이 하려면 힘들겠어요 . 你要兼顧讀書和工作肯定很辛苦吧。
★★★ **김밥**	**紫菜包飯、飯捲** 이 분식집은 야채 김밥이 유명합니다 . 這間麵食店的蔬菜紫菜包飯很有名。 * 분식（粉食）麵食 紫菜包飯、泡麵、辣炒年糕、水餃之類的食物稱為「분식麵食」，而賣麵食的店就叫麵食店。

| 練習題5・연습 문제5 |

1. 다음을 듣고 물음에 맞는 대답을 고르십시오 . 🎧 09

① 엄마가 만들어요 .　　　　　　② 김밥을 만들어요 .

③ 많이 만들어요 .　　　　　　　④ 친구들하고 만들어요 .

2. 다음은 무엇에 대해 말하고 있습니까 ? 알맞은 것을 고르십시오 . 🎧 10

① 가격　　　　② 재료　　　　③ 여권　　　　④ 디자인

3. 무엇에 대한 이야기입니까 ? 알맞은 것을 고르십시오 .

> 배를 타고 갑니다 . 바다에 있습니다 .

① 섬　　　② 하늘　　　③ 시골　　　④ 산

4. (　) 에 들어갈 가장 알맞은 것을 고르십시오 .

> 집에 책이 많습니다 . (　) 이 필요합니다 .

① 책장　　　② 옷장　　　③ 서점　　　④ 문구점

聽力原文

1. 여자 : 뭘 만들어요 ?

　　남자 : ＿＿＿＿＿＿＿＿＿＿＿＿ .

2. 여자 : 이 모양은 참 멋있어요 .

　　남자 : 네 , 색깔도 예뻐요 .

答案

┃ 1. ②　　　2. ④　　　3. ①　　　4. ①

★★★ **디자인** 〔design〕	設計
	치마의 디자인이 정말 멋있습니다 . 裙子的設計真的很好看。
★★★ **미술관** 〔美術館〕	美術館
	그림을 좋아해서 평소에 미술관에 자주 와요 . 我喜歡畫，所以平常很常來美術館。
★★★ **영화** 〔映畫〕	電影
	저는 극장에 가지 않고 집에서 혼자 영화를 봅니다 . 我沒去電影院，而是在家獨自看電影。
★★★ **신청서** 〔申請書〕	申請書
	네 . 그러시면 여기 신청서부터 먼저 써 주세요 . 好的。這樣的話請先在這裡填寫申請書。
★★★ **시골**	鄉下（遠離都市、人口少，且較未開發的地方。或是位在鄉下的故鄉）
	얼마 전에 시골에 집도 사고 땅도 조금 샀습니다 . 我不久前在鄉下買了房子，也買了一點土地。 시골（鄉下）vs 지방（地方） 「시골鄉下」是人口少、沒有什麼便利設施的地方，跟「도시都市」是相反的概念。 「지방地方」則是首都圈（首爾跟周圍都市）以外的地區。好比說，釜山是地方的 都市，而大多數的農村跟漁村則是鄉下。
★★★ **피부** 〔皮膚〕	皮膚
	우리 아이는 피부가 좀 약합니다 . 我的孩子皮膚有點脆弱。
★★★ **말** 03	馬
	말은 하루에 세 시간만 자도 괜찮습니다 . 馬可以一天只睡三個小時。

| ★ ★ ★
공부방
〔工夫房〕 | 書房 |
| | 할머니는 한글을 배우러 한글 공부방에 다니십니다 .
奶奶去上韓字書房學韓字。 |

| ★ ★ ★
등록
〔登錄〕 | 報名 |
| | 피아노 학원에 등록을 했습니다 .
我報名了鋼琴補習班。 |

| ★ ★ ★
글 | 文章 |
| | 글을 쓰는 것을 좋아합니다 .
我喜歡寫文章。 |

| ★ ★ ★
음료
〔飲料〕 | 飲料　　　　　　　　　　　　　　　近義詞 ⇒ P.257 |
| | 음료의 맛은 작은 얼음을 넣을 때 천천히 변합니다 .
飲料的味道會在放小冰塊後慢慢改變。 |

| ★ ★ ★
서점
〔書店〕 | 書店 |
| | 지하철역 6 번 출구로 나오면 바로 큰 서점 하나가 있어요 .
從地鐵 6 號出口出來之後馬上就可以看到一間大的書店。 |

| ★ ★ ★
지하철
〔地下鐵〕 | 地鐵 |
| | 길이 막혀서 지하철을 타는 게 편해요 .
路上塞車，所以搭地鐵比較方便。 |

| ★ ★ ★
주소
〔住所〕 | 地址 |
| | 여기에 살고 계신 곳 주소를 좀 써 주세요 .
請寫下你在這裡住的地方的地址。 |

| ★ ★ ★
퇴근
〔退勤〕 | 下班 |
| | 여자는 퇴근 후에 가구 만드는 곳에 갑니다 .
女人下班後去製作家具的地方。 |

★★★ **비빔밥**	**拌飯** 오후에는 갈비탕과 비빔밥의 값이 같습니다 . 下午排骨湯跟拌飯的價格一樣。 補充初級韓式料理字彙： 갈비탕（排骨湯）、떡국（年糕湯）、비빔밥（拌飯）、삼계탕（蔘雞湯）、설렁탕（雪濃湯）、잡채（雜菜）
★★★ **휴일** 〔休日〕	**假日** 저는 친구와 함께 휴일을 지내고 싶습니다 . 我想跟朋友一起度過假日。
★★★ **목소리**	**聲音** 작게 말하려고 하지만 제 목소리는 다른 사람보다 큽니다 .　、 雖然想說得小聲一點，但是我的聲音比其他人大。
★★★ **나무**	**樹木** 멀리 있는 산이나 나무를 보는 것도 좋습니다 . 看遠處的山或樹木也不錯。
★★★ **졸업** 〔卒業〕	**畢業** 저는 오랜만에 고등학교 졸업 사진을 봤습니다 . 我久違地看了高中畢業照。
★★★ **마을**	**村莊，（主要在鄉下）許多房子聚集、居住的地方**　　　近義詞 ⇒ P.255 도시보다 시골의 작은 마을에 손님이 더 많습니다 . 比起都市，鄉下的小村莊客人比較多。
★★★ **말** [01]	**話** 형은 어릴 때 조용하고 말이 없었습니다 . 哥哥小時候很安靜，沒什麼話。

★★★ **정리** 〔整理〕	整理
	이사를 하기 때문에 필요 없는 물건은 정리를 했습니다 . 因為搬家關係，我整理了不需要的物品。

★★★ **부모** 〔父母〕	父母
	부모하고 아이가 불고기를 만듭니다 . 父母與孩子製作烤肉。

★★★ **파티** 〔party〕	派對　　　　　　　　　　　　　　　　　　近義詞 ⇒ P.258
	생일 파티에 가장 친한 친구들을 초대하기로 했습니다 . 我決定在生日派對招待最親近的朋友們。

★★★ **반** 02 〔班〕	班
	노래 대회에서 우리 반 친구들은 모두 빨간 옷을 입고 노래를 불렀다 . 我們班同學在歌唱比賽中全都穿著紅色衣服唱歌。

★★★ **쓰레기**	垃圾
	쓰레기를 모아서 버려야 합니다 . 垃圾必須要收集起來丟掉。

★★★ **꽃집**	花店
	저 꽃집에서 장미를 좀 사서 가요 . 我要去那個花店買一下玫瑰。

★★★ **만화책** 〔漫畫冊〕	漫畫書
	요즘 아이들은 만화책을 읽지 않습니다 . 最近孩子不太看漫畫書。

★★★ **감기** 〔感氣〕	感冒
	밤에 옷을 얇게 입어서 감기에 걸렸어요 . 我晚上衣服穿太薄，所以感冒了。

시장 ²
★★★
〔市場〕

市場

시장 안에 가게가 많고 살 수 있는 물건도 다양했습니다 .
市場裡商店很多，也有各式各樣可以買的物品。

교통사고
★★★
〔交通事故〕

交通事故

학교 앞에서 어린이 교통사고가 많이 납니다 .
學校前面經常發生兒童交通事故。

휴가
★★★
〔休假〕

休假

작년 여름휴가를 여수에서 보냈습니다 .
我去年暑假在麗水度過。

주문
★★★
〔注文〕

訂購

우리가 음식을 너무 많이 주문한 것 같아요 .
我們好像點太多食物了。

수영
★★★
〔水泳〕

游泳

토요일마다 친구한테 수영을 배우고 있어요 .
我現在每個星期六都跟朋友學游泳。

1. 다음을 듣고 이어지는 말을 고르십시오 . 🎧 11

    ① 고마워요 .   ② 잘 지냈어요 ?

    ③ 미안해요 .   ④ 어디를 찾으세요 ?

2. 여기는 어디입니까 ? 알맞은 것을 고르십시오 . 🎧 12

    ① 서점   ② 미술관   ③ 식당   ④ 꽃집

3. 무엇에 대한 이야기입니까 ? 알맞은 것을 고르십시오 .

> 저는 서울아파트에 삽니다 . 107 동 303 호입니다 .

    ① 주소   ② 편지   ③ 신청서   ④ 주문

4. ( ) 에 들어갈 가장 알맞은 것을 고르십시오 .

> ( ) 가 났습니다 . 사람들이 다쳤습니다 .

    ① 자동차   ② 목소리   ③ 교통사고   ④ 감기

(聽力原文)

1. 남자 : 실례합니다 . 길 좀 물어볼게요 ?

    여자 : _____ .

(答案)

  1. ④   2. ④   3. ①   4. ③

2. 여자 : 이건 얼마예요 ?

    남자 : 한 송이 천 원이에요 .

★★★
물고기

魚

낚시 카페에서 잡은 물고기는 가져갈 수 없습니다 .

在釣魚咖啡廳抓到的魚不能帶走。

물고기跟생선差異：

「물고기魚」與動物的種類相關，跟어류（魚類）相同，「생선（生鮮）魚」則是一般在說食物材料的時候使用。

★★★
방학
〔放學〕

放假

저는 방학에 아르바이트도 하고 여행도 했어요 .

我放假時去打工，也有去旅行。

★★★
라디오
〔radio〕

廣播

저는 아침에 일어나서 라디오를 켜고 음악을 듣습니다 .

我早上起來打開廣播聽音樂。

★★★
병원
〔病院〕

醫院

이 병원은 바쁜 회사원들을 위해 점심시간에도 진료를 합니다 .

這間醫院為了忙碌的上班族，在中午時間也有進行診療。

★★★
할머니

奶奶

이 모임에서는 할머니들이 음식을 만듭니다 .

這個聚會是由奶奶們來製作食物。

★★★
아파트
〔apartment〕

公寓

저는 한국아파트 5 동 801 호에 살아요 .

我住在韓國公寓 5 棟 801 號。

★★★
오이

小黃瓜

김치 중에는 오이김치를 제일 좋아합니다 .

辛奇中我最喜歡小黃瓜辛奇。

★★★ 돌 ⁰¹	週歲
	한국에서는 아이의 첫 번째 생일을 ' 돌 ' 이라고 말합니다 . 在韓國，孩子的第一個生日會稱為「돌 (週歲)」。

★★★ 냄새	氣味
	밀가루를 넣고 하루가 지나면 냄새가 나지 않습니다 . 麵粉放著經過一天也不會有味道。

★★★ 발표회 〔發表會〕	發表會
	오늘 저녁 학생회관에서 음악 발표회가 있습니다 . 今天晚上學生會館有音樂發表會。

★★★ 책값 〔冊값〕	書的價錢
	책값에 배달 비용도 들어 있습니다 . 書的價錢也包含配送費用。

★★★ 서비스 〔service〕	服務
	냉장고가 고장 나서 방문 수리 서비스를 받고 싶은데요 . 冰箱故障了，所以我想申請到府修理服務。

★★★ 텔레비전 〔television〕	電視
	새로 산 텔레비전이 갑자기 소리가 안 나와요 . 新買的電視突然發不出聲音。

★★★ 뉴스 〔news〕	新聞
	뉴스는 보통 저녁 여덟 시에 시작합니다 . 新聞一般會在晚上八點開始。

요일
〔曜日〕
★★★

星期

마트는 무슨 요일에 쉬어요 ?

超市在星期幾休息？

星期的說法為월요일（星期一）、화요일（星期二）、수요일（星期三）、목요일（星期四）、금요일（星期五）、토요일（星期六）、일요일（星期日）。也會在日期旁邊的 ( ) 簡單用韓文填入「월 (一)、화 (二)、수 (三)、목 (四)、금 (五)、토 (六)、일 (日)」來標示。

점심
〔點心〕
★★★

中午、午餐

점심을 먹고 30 분 후에 약을 드세요 .

請在午餐吃完 30 分鐘後吃藥。

갈비탕
〔갈비湯〕
★★★

排骨湯

점심 메뉴는 갈비탕 , 설렁탕 , 비빔밥이 있습니다 .

午餐菜單有排骨湯、雪濃湯、拌飯等。

연기 [03]
〔演技〕
★★★

演戲

배우는 아니지만 저는 책을 읽으면서 배우처럼 연기를 합니다 .

雖然我不是演員，但我一邊看書，一邊像演員一樣演戲。

드라마
〔drama〕
★★★

連續劇

아침 드라마는 한 시간 정도 합니다 .

晨間連續劇大約是一小時。

키
★★★

身高

농구 선수는 키가 아주 큽니다 .

籃球選手的身高非常高。

안내소
〔案內所〕
★★★

諮詢處

관광 안내소의 위치를 알고 싶습니다 .

我想知道遊客中心的位置。

★★★
지도
〔地圖〕

地圖

지도를 이용하면 맛집을 찾기 쉬울 거예요 .
如果使用地圖，找美食店就會很容易。

★★★
질문
〔質問〕

問題

외국 손님들이 한국에 대한 질문을 많이 했어요 .
外國客人問了很多有關韓國的問題。

★★★
채소
〔菜蔬〕

蔬菜

여러 가지 채소가 들어 있기 때문에 건강에도 좋습니다 .
因為放了各式各樣的蔬菜，所以也有益於健康。

★★★
우체국
〔郵遞局〕

郵局

우체국에 가서 편지를 보냅니다 .
我去郵局寄信。

★★★
점 02
〔點〕

點，各種屬性中的某些部分或元素

친구의 나쁜 점보다 좋은 점을 보려고 노력합니다 .
比起缺點，我更努力去挖掘朋友的優點。

★★★
거울

鏡子

안경을 쓰고 거울 한번 보세요 .
請戴眼鏡看一下鏡子。

★★★
책상
〔冊床〕

書桌

책상 위에 메모해 놓았어요 .
我記在書桌上了。

★★★
신청자
〔申請者〕

申請者

모든 신청자는 30 분 전에 와서 준비해 주시기 바랍니다 .
所有申請者請在 30 分鐘前過來準備。

소금물
★★★

鹽水

우선 야채를 소금물에 깨끗이 씻어 주세요 .
請先將蔬菜放在鹽水裡洗乾淨。

악기
〔樂器〕
★★★

樂器

연주할 수 있는 악기가 있어요 ?
你有會演奏的樂器嗎 ？

어제
★★★

昨天

어제부터 계속 배가 아파서요 .
肚子從昨天開始就一直痛。

극장
〔劇場〕
★★★

劇場

近義詞 ⇒ P.254

대학로의 작은 극장에 가면 재미있는 공연을 볼 수 있습니다 .
去大學路的小劇場可以看到有趣的演出。

자리
★★★

位子

가운데 자리로 두 장 주세요 .
請給我兩張中間的位子。

하나
★★★

一個

며칠 후에 다시 가 보면 우리가 놓고 온 것이 하나도 없습니다 .
幾天過後再回去看，發現我們放的東西都不見了。

신청
〔申請〕
★★★

申請

'떡 만들기 행사' 신청 방법을 알려 드리겠습니다 .
我來跟您介紹「製作年糕的活動」的申請方法。

1. 다음을 듣고 물음에 맞는 대답을 고르십시오 . 🎧 13

 ① 네 , 병원이에요 .   ② 네 , 병원이 멀어요 .

 ③ 아니요 , 병원에 안 가요 .   ④ 아니요 , 병원이 없어요 .

2. 다음은 무엇에 대해 말하고 있습니까 ? 알맞은 것을 고르십시오 . 🎧 14

 ① 냄새   ② 소리   ③ 맛   ④ 음악

3. 무엇에 대한 이야기입니까 ? 알맞은 것을 고르십시오 .

> 여름에 수업이 없습니다 . 학교에 가지 않습니다 .

 ① 생일   ② 휴가   ③ 방학   ④ 졸업

4. ( ) 에 들어갈 가장 알맞은 것을 고르십시오 .

> 건강에 좋습니다 . ( ) 를 자주 먹습니다 .

 ① 채소   ② 고기   ③ 과자   ④ 주스

聽力原文

1. 남자 : 병원에 가요 ?

 여자 : _____ .

答案

1. ③   2. ②   3. ③   4. ①

2. 여자 : 여보세요 ? 누구세요 ?

 남자 : 저예요 . 잘 안 들려요 ?

★★★ **약국** 〔藥局〕	藥局 머리가 아프면 약국에 가서 약을 사 올게요 . 如果頭痛的話，我去藥局買藥回來。
★★★ **축구** 〔蹴球〕	足球 친구들과 같이 축구 경기를 봐서 더 신났습니다 . 跟朋友們一起看足球賽會更好玩。
★★★ **약** 〔藥〕	藥 이 약을 삼 일 동안 드시고 다시 오세요 . 這個藥請吃三天之後再回來。
★★★ **교육** 〔教育〕	教育 아이들 교육 때문에 걱정이 많으시군요 . 原來您因為孩子的教育感到擔心啊。
★★★ **빵집**	麵包店 이 빵집은 하루에 세 번 식빵이 나옵니다 . 這個麵包店一天會出三次吐司。
★★★ **계절** 〔季節〕	季節 아버지는 자주 계절 그림을 보내 줍니다 . 父親經常寄季節畫給我。
★★★ **가구** 〔家具〕	家具 저는 간단한 가구는 직접 만들어서 씁니다 . 我會親自做簡單的家具來用。
★★★ **단어** 〔單語〕	單字 내일 시험이 있어서 단어를 외워야 합니다 . 我明天有考試，必須背單字才行。

★★★ **공항** 〔空港〕	機場 친구가 한국에 오는 날 공항으로 마중을 나갑니다. 我會在朋友來韓國的當天去機場接機。
★★★ **배** 02	船 거기에서 배를 타고 아름다운 바다를 봤습니다. 我在那裡搭船看美麗的大海。
★★★ **감사** 〔感謝〕	感謝 내일 선생님께 감사의 편지를 드리려고 합니다. 我明天想給老師感謝的信。
★★★ **정류장** 〔停留場〕	車站 버스 정류장에서는 담배를 피울 수 없습니다. 不能在公車站抽菸。
★★★ **노란색** 〔노란色〕	黃色 노란색 토마토는 보통 토마토보다 맛이 더 답니다. 黃色番茄比一般的番茄還甜。
★★★ **요리** 〔料理〕	料理 그는 남자이지만 요리를 무척 잘합니다. 他雖然是男生，卻很擅長料理。
★★★ **약속** 〔約束〕	約定 퇴근 후에 동생하고 약속이 있습니다. 我下班後跟弟弟／妹妹有約。
★★★ **밤경치** 〔밤景致〕	夜景 서울 시내는 밤경치가 특히 아름답습니다. 首爾市中心的夜景特別漂亮。

냉면
〔冷麵〕

冷麵

고기를 주문한 손님에게는 냉면을 무료로 줍니다.
我們免費提供冷麵給點肉的客人。

교환권
〔交換券〕

兌換券

가까운 백화점에 교환권을 가지고 가면 물건과 바꿀 수 있어요.
你可以拿兌換券去附近的百貨公司換東西。

은행
〔銀行〕

銀行

저축을 하려고 은행에서 통장을 만들었습니다.
我想存錢，所以在銀行辦了存摺。

공연
〔公演〕

演出

이번 주말에 제가 좋아하는 가수의 공연이 있습니다.
我喜歡的歌手在這個週末有演出。

바다

海

바다에 가서 수영을 했습니다.
我去海邊游泳了。

운동장
〔運動場〕

體育場

날씨가 좋으면 운동장에서 농구 대회를 할 겁니다.
天氣好的話，體育場就會舉辦籃球賽。

도서관
〔圖書館〕

圖書館

집 근처에 새로 도서관이 생겼습니다.
家附近開了新的圖書館。

청소
〔清掃〕

打掃

청소를 하는 날에는 주차를 할 수 없습니다.
打掃的日子不能停車。

★★★ **사진관** 〔寫眞館〕	照相館
	이 사진관은 여권 사진을 잘 찍습니다 .
	這個照相館的護照照片照得很好。

★★★ **책** 〔冊〕	書
	이럴 때 도움을 받을 수 있는 책이 한 권 있는데요 .
	我有一本在這時候有幫助的書。

★★★ **취미** 〔趣味〕	興趣
	새로운 취미를 갖고 싶어서 그림을 그리기 시작했어요 .
	我想要有新的興趣，所以開始畫畫了。

★★★ **수업** 〔授業〕	課
	학교 앞 카페에서 아침을 먹고 수업을 듣습니다 .
	我在學校前面的咖啡廳吃完早餐後去聽課。

經常跟「수업課」一起使用的表達：
老師、學生會共同使用的表達：수업이 있다有課 / 없다沒課 / 많다很多課 / 끝나다課結束
只有老師會使用的表達：수업하다上課 / 수업하러 가다去上課
只有學生會使用的表達：수업을 듣다聽課 / 받다接受課程

★★★ **교실** 〔教室〕	教室
	① 教學的房間
	교실에 학생들이 많습니다 .
	教室裡學生很多。
	② 學習某種東西的聚會
	요리 교실에서 맛있는 음식을 함께 만들어요 .
	在料理教室一起做好吃的食物。

★★★ **산** 〔山〕	山
	오랜만에 산에 오니까 좋네요 .
	好久沒來山上，感覺真好。

★★★
결정
〔決定〕

決定

그냥 부모님의 결정에 따르려고요 .
我想就直接依照父母的決定。

★★★
동생

弟弟／妹妹

오늘 아침에 제 동생이 태어났어요 .
今天早上我的弟弟／妹妹出生了。

★★★
경기장
〔競技場〕

體育場

날씨가 추운데 실내 경기장에서 배드민턴을 치는 게 어때요 ?
天氣很冷，我們去室內體育場打羽球如何？

★★★
영화관
〔映畫館〕

電影院

近義詞 ⇒ P.254

이 영화는 영화관에서 보는 게 더 멋있습니다 .
這部電影在電影院看更棒。

★★★
모임

聚會

할아버지는 가족 모임에서 가족과 함께 노래도 부르십니다 .
爺爺在家族聚會裡跟家人一起唱歌。

| 練習題 8 · 연습 문제 8 |

1. 다음을 듣고 물음에 맞는 대답을 고르십시오 . 🎧 15

① 내일 있어요 .　　　　　　　② 학교에서 있어요 .

③ 시간이 없어요 .　　　　　　　④ 지금 집에 가요 .

2. 여기는 어디입니까 ? 알맞은 것을 고르십시오 . 🎧 16

① 운동장　　　　② 공항　　　　③ 바다　　　　④ 산

3. 무엇에 대한 이야기입니까 ? 알맞은 것을 고르십시오 .

> 점심 시간에 만납니다 . 백화점 앞에서 기다립니다 .

① 수업　　　　② 청소　　　　③ 공연　　　　④ 약속

4. ( ) 에 들어갈 가장 알맞은 것을 고르십시오 .

> 머리가 아픕니다 . ( ) 에 갑니다 .

① 약국　　　　② 빵집　　　　③ 은행　　　　④ 사진관

聽力原文

1. 여자 : 언제 수업이 있어요 ?

　　남자 : _____ .

答案

1. ①　　　2. ④　　　3. ④　　　4. ①

2. 여자 : 아 , 너무 힘들어요 .

　　남자 : 조금만 더 올라가면 돼요 .

★★★ **열** ⁰⁴	發燒	
	어제부터 머리가 아프고 열도 많이 나요 . 從昨天開始就覺得頭痛、發高燒。	

★★★
주머니

口袋

여행 가방이 주머니도 많아서 편하겠네요 .
旅行袋有很多口袋，很方便。

★★★
쇼핑몰
〔shopping
mall〕

購物中心

인터넷 쇼핑몰에서 구두를 주문했습니다 .
我在網路購物中心下訂了皮鞋。

★★★
과일

水果

저는 전통 시장에서 과일을 삽니다 .
我在傳統市場買水果。

★★★
침대
〔寢臺〕

床

침대는 한 방에 하나만 더 들어갈 수 있습니다 .
一個房間只能加一張床。

★★★
실내
〔室內〕

室內

실내 정원은 가꾸기가 어렵지 않습니다 .
種植室內庭園並不難。

★★★
방
〔房〕

房間

우리 회사 지하에는 운동하는 방이 있습니다 .
我們公司地下室有可以運動的房間。

★★★
전통
〔傳統〕

傳統

저는 한국의 전통 한옥에 관심이 많습니다 .
我對韓國的傳統韓屋很感興趣。

어린이

孩子

부모를 잃어버린 어린이를 찾고 있습니다 .
我在找失去父母的孩子。

번호
〔番號〕

號碼 .

자기만 아는 번호를 사용하여 문을 열 수도 있습니다 .
可以使用只有自己知道的號碼開門。

야구
〔野球〕

棒球

야구는 제가 좋아하는 운동 중 하나입니다 .
棒球是我喜歡的其中一項運動。

연필
〔鉛筆〕

鉛筆

시험은 볼펜 말고 연필로 써야 합니다 .
考試要用鉛筆，不能用原子筆。

택시
〔taxi〕

計程車

비가 오는 날에는 보통 택시를 타고 회사에 갑니다 .
我一般會在下雨天搭計程車去公司。

만화가
〔漫畫家〕

漫畫家

만화가들이 사람들의 얼굴을 그려 줍니다 .
漫畫家們會畫人們的臉。

엄마

媽媽

우리 가족은 아빠 , 엄마 , 남동생 , 그리고 나 이렇게 모두 4 명입니다 .
我的家人有爸爸、媽媽、弟弟，還有我總共 4 個人。

나이

年齡

어머니는 나이가 많아서 학원에 다니는 것을 부끄러워하셨습니다 .
母親因為年紀大了，覺得去補習班很丟臉。

★★★ **비**	雨 회사 일이 끝나고 집에 가는데 갑자기 비가 왔습니다 . 我在公司工作結束後回家，卻突然下雨了。
★★★ **일요일** 〔日曜日〕	星期日 오늘 일요일인데 도서관에 가요 ? 今天是星期日，要去圖書館嗎？
★★★ **미용실** 〔美容室〕	美容院 미용실에서 머리를 예쁘게 잘라 줬습니다 . 美容院幫我把頭髮剪得很漂亮。
★★★ **중앙** 〔中央〕	中央 책들은 책상 중앙에 놔 주세요 . 請將書放在書桌中央。
★★★ **할아버지**	爺爺 제 이름은 할아버지께서 지어 주셨습니다 . 我的名字是爺爺幫我取的。
★★★ **날씨**	天氣 오늘은 비가 많이 왔지만 내일은 날씨가 맑겠습니다 . 今天雖然下很多雨，但明天天氣會很晴朗。
★★★ **옷장** 〔옷欌〕	衣櫃 옷장 안의 겨울옷을 모두 정리했어요 . 我把衣櫃裡的冬季衣服都整理過了。
★★★ **사탕** 〔沙糖〕	糖果 피곤하면 이 사탕 한번 먹어 볼래요 ? 你累的話要不要吃一下這個糖果？

★★★
여기저기

到處

주말마다 서울 여기저기를 다닙니다 .
我每到週末會在首爾到處逛。

★★★
인사
〔人事〕

招呼

다음 주부터 방학이라 인사 드리러 왔어요 .
下週開始就放假了，我是來打招呼的。

★★★
거리

路

사람들이 많아지면서 거리가 더 복잡해졌습니다 .
人一多，路上就會變混亂。

★★★
문화
〔文化〕

文化

외국 문화에 대한 책을 쓸 겁니다 .
我在寫有關外國文化的書。

★★★
잠깐

暫時

잠깐만 쉬었다 할까요 ?
要暫時休息一下再做嗎？

★★★
선수
〔選手〕

選手

경기에 참가하는 선수들은 9 시까지 와 주시기 바랍니다 .
參加比賽的選手請在 9 點前過來。

★★★
지하
〔地下〕

地下

지하 주차장 물청소는 아홉 시까지 합니다 .
地下停車場刷洗會到九點。

★★★
도로
〔道路〕

道路

시청 앞 도로는 주말에 차가 다닐 수 없습니다 .
車子在週末不能走市政府前面的道路。

★★★ **삼계탕** 〔蔘鷄湯〕	蔘雞湯 삼계탕만 파는 식당인데 항상 사람들이 많아요 . 這是只賣蔘雞湯的餐廳，人卻總是很多。
★★★ **몸**	身體 요즘 몸이 좋지 않습니다 . 最近身體不太好。
★★★ **아내**	妻子 제 아내는 도시 생활을 좋아합니다 . 我的妻子喜歡都市生活。

| 練習題9 · 연습 문제 9 |

1. 다음을 듣고 이어지는 말을 고르십시오 . 🎧 17

① 어디 가세요 ?　　　　　② 또 오세요 .

③ 축하합니다 .　　　　　④ 네 . 알겠습니다 .

2. 다음은 무엇에 대해 말하고 있습니까 ? 알맞은 것을 고르십시오 . 🎧 18

① 번호　　② 가격　　③ 나이　　④ 날짜

3. 무엇에 대한 이야기입니까 ? 알맞은 것을 고르십시오 .

> 침대는 있습니다 . 옷장을 새로 샀습니다 .

① 과일　　② 가구　　③ 공원　　④ 여행

4. (　) 에 들어갈 가장 알맞은 것을 고르십시오 .

> 삼계탕을 좋아합니다 . (　) 에 좋습니다 .

① 마음　　② 몸　　③ 요리　　④ 맛

聽力原文

1. 여자 : 아저씨 , 서울역에 가 주세요 .

　 남자 : ＿＿＿＿＿＿＿＿＿＿＿＿ .

2. 여자 : 저는 스무 살이에요 .

　 남자 : 그래요 ? 제가 두 살 더 많아요 .

答案

1. ④　　2. ③　　3. ②　　4. ②

★★★ **이름**	名字 아주머니 , 이 음식 아주 맛있는데 이름이 뭐예요 ? 阿姨，這個食物很好吃，它叫什麼名字？
★★★ **생일** 〔生日〕	生日 오늘 생일 파티가 정말 재미있었어요 . 今天的生日派對真的很有趣。
★★★ **사무실** 〔事務室〕	辦公室 제 사무실은 3 층 오른쪽 끝 방이에요 . 我的辦公室在 3 樓右邊最後一間。
★★★ **커피** 〔coffee〕	咖啡 따뜻한 밀크 커피를 한 잔 마시니까 기분이 좋아졌어요 . 我喝了一杯溫暖的牛奶咖啡，心情變很好。
★★★ **가을**	秋天 가을이 되니까 아침 , 저녁에는 좀 추워요 . 秋天到了，早上跟晚上有點冷。
★★★ **참가비** 〔參加費〕	參加費 요리 교실 참가비는 아이 8,000 원 , 어른 10,000 원입니다 . 料理教室參加費，小孩是 8,000 韓元，大人是 10,000 韓元。
★★★ **층** 〔層〕	樓 식사는 지하 1 층 식당에서 하시면 됩니다 . 用餐在地下一樓餐廳內用即可。
★★★ **티셔츠** 〔T-shirt〕	T 恤 청바지에 흰색 티셔츠 입는 것을 좋아합니다 . 我喜歡穿白色 T 恤搭配牛仔褲。

★★★ **교환** 〔交換〕	交換 여자는 선물 교환을 친구에게 부탁했습니다 . 女人拜託朋友幫忙交換禮物。
★★★ **머리**	頭 우리 둘은 머리 색과 머리 모양도 같습니다 . 我們兩個的頭髮顏色跟模樣相同。
★★★ **계획** 〔計劃〕	計畫 금년이 졸업인데 졸업 후에 무슨 계획이 있어요 ? 你今年即將畢業，畢業之後有什麼計劃呢？
★★★ **회의실** 〔會議室〕	會議室 회의 준비가 다 되면 모두 회의실로 모이세요 . 準備好開會的話請全部到會議室集合。
★★★ **음료수** 〔飲料水〕	飲料　　　　　　　　　　　　　　　　近義詞 ⇒ P.257 운동을 한 후에 차가운 음료수를 한 병 마십니다 . 運動過喝一瓶冰涼的飲料。
★★★ **물**	水 비가 올 때도 발이 물에 젖지 않습니다 . 就算是下雨，腳也不會被水沾溼掉。
★★★ **안내원** 〔案內員〕	解說員 그때 안내원이 방송을 해서 지갑을 찾아 주었습니다 . 那個時候請解說員廣播，才幫我找到錢包。
★★★ **외국** 〔外國〕	外國 저는 외국 회사 취직 준비를 하고 있습니다 . 我正準備在外國公司就職。

★★★ **이야기**	**故事**
	가족에 대한 특별한 이야기를 쓰고 싶습니다 . 我想寫有關家人的特別故事。

★★★ **케이크** 〔cake〕	**蛋糕**
	친구의 생일에 직접 만든 케이크를 선물했습니다 . 我在朋友的生日親自做蛋糕送他。

★★★ **값**	**價錢** 近義詞 ⇒ P.252
	학생 식당은 음식 값이 싸고 김치가 맛있습니다 . 學生餐廳食物價錢便宜，辛奇很好吃。

★★★ **사랑**	**愛**
	저는 소포를 받고 아버지의 사랑을 느꼈습니다 . 我拿到包裹，感覺到父親的愛。

★★★ **직원** 〔職員〕	**員工**
	내일 오전에 직원이 연락 드리고 고치러 갈 겁니다 . 明天早上員工會聯絡您並去幫您修理。

★★★ **나라**	**國家**
	한국 음식도 잘하고 다른 나라의 음식도 잘 만듭니다 . 我很會做韓國料理，也很會做其他國家的料理。

★★★ **음악** 〔音樂〕	**音樂**
	영화에 나온 음악은 요즘에도 인기가 많습니다 . 電影裡出現的音樂最近也很受歡迎。

★★★ **도장** 〔圖章〕	**印章**
	이름을 쓰고 그 옆에 도장을 찍어 주세요 . 請寫上名字，並在旁邊蓋上印章。

★★★ **고향** 〔故鄕〕	故鄕
	우리 고향에는 딸기가 많이 납니다 . 我的故鄉盛產草莓。

★★★ **배** 01	肚子
	고양이는 배도 고픈 것 같았습니다 . 貓好像肚子也餓了。

★★★ **소파** 〔sofa〕	沙發
	일요일이 되면 남편은 소파에 누워 텔레비전만 봅니다 . 一到星期日，丈夫就只會躺在沙發上看電視。

★★★ **여행** 〔旅行〕	旅行
	기차 여행을 하면서 책을 읽는 게 좋습니다 . 我喜歡一邊火車旅行，一邊讀書。

★★★ **카드** 〔card〕	卡片
	그럼 이 카드로 계산해 주세요 . 那麼請用這張卡片結帳。

★★★ **내년** 〔來年〕	明年
	저는 내년에 대학교를 졸업합니다 . 我明年大學畢業。

★★★ **뒤**	後面
	은행은 저 커피숍 뒤에 있어요 . 銀行在那個咖啡廳後面。

★★★ **엽서** 〔葉書〕	明信片
	영국에서 공부하는 친구한테서 엽서 한 통이 왔어요 . 我收到一張來自在英國讀書的朋友的明信片。

선물
〔膳物〕
★★★

禮物

많은 선물이 준비되어 있으니 많이 참가해 주시기 바랍니다 .
準備了很多禮物，希望大家多多參與。

방송
〔放送〕
★★★

節目

방송에 나온 후 이 국수 가게가 유명해졌습니다 .
節目播出後，這間麵店變得很有名。

그림
★★★

畫

친구는 친한 사람들과 그림을 그립니다 .
朋友跟很熟的人一起畫畫。

1. 다음을 듣고 물음에 맞는 대답을 고르십시오 . 　🎧 19

① 네 , 그림이 아니에요 . 　　　　　② 네 , 그림이에요 .

③ 아니요 , 그림을 그려요 . 　　　　④ 아니요 , 그림이 예뻐요 .

2. 여기는 어디입니까 ? 알맞은 것을 고르십시오 . 　🎧 20

① 회의실 　　　② 미용실 　　　③ 사무실 　　　④ 우체국

3. 무엇에 대한 이야기입니까 ? 알맞은 것을 고르십시오 .

> 저는 시골에서 태어났습니다 . 부모님도 거기 계십니다 .

① 텔레비전 　　　② 옷장 　　　③ 고향 　　　④ 침대

4. ( ) 에 들어갈 가장 알맞은 것을 고르십시오 .

> 가게가 ( ) 에 나왔습니다 . 유명해졌습니다 .

① 공연 　　　② 회의 　　　③ 극장 　　　④ 방송

聽力原文

1. 남자 : 그림이에요 ?

　　여자 : ＿＿＿＿＿＿＿＿＿＿＿ .

答案

2. 여자 : 어떻게 오셨어요 ?

1. ② 　　2. ④ 　　3. ③ 　　4. ④ 　　남자 : 미국에 소포를 보내려고요 .

★★★ **밤** 01	晚上
	밤에 밖에 나올 때 긴팔 옷을 한 벌 가지고 와요 . 晚上出來的時候記得帶件長袖。
★★★ **인터넷** 〔internet〕	網路
	요즘 좋은 공연이 많으니까 인터넷으로 한번 알아보세요 . 最近有很多不錯的演出，可以用網路查查看。
★★★ **식탁** 〔食卓〕	餐桌
	식탁이 무거운데 같이 좀 들어 줄래요 ? 餐桌很重，你可以跟我一起搬一下嗎？
★★★ **빨간색** 〔빨간色〕	紅色
	빨간색 옷을 입으면 돈을 내지 않고 들어갈 수 있습니다 . 如果穿紅色衣服，就可以不付費入場。
★★★ **커피숍** 〔coffee shop〕	咖啡廳
	그 커피숍은 커피와 간단한 간식을 팝니다 . 那個咖啡廳賣咖啡跟簡單的點心。
★★★ **참가자** 〔參加者〕	參加者
	이번 대회 참가자는 모두 서른 다섯 명입니다 . 這次比賽的參加者全部是三十五名。
★★★ **아이** 01	孩子
	우리 집 아이는 책 읽기를 싫어합니다 . 我家的孩子討厭看書。
★★★ **영업시간** 〔營業時間〕	營業時間
	사진관의 영업시간은 오전 10 시부터 오후 8 시까지이고 월요일은 쉽니다 . 照相館的營業時間是早上 10 點到下午 8 點，星期一休息。

★★★
컵
〔cup〕

杯子

손님이 차를 마신 후에 컵도 직접 씻습니다 .
客人喝茶後，杯子也親自洗。

★★★
배달
〔配達〕

外送

가구는 집까지 배달해 드립니다 .
家具會幫你送到家裡。

★★★
비용
〔費用〕

費用

이사 비용으로 모두 삼십만 원을 썼습니다 .
搬家費用全部花了三十萬韓元。

★★★
아주머니

阿姨

아까 시장에 갔을 때 아주머니들이 맛있는 음식을 만들어서 팔고 있었습니다 .
剛剛去市場的時候，阿姨們正在做好吃的食物來賣。

★★★
날짜

日期

구두를 산 날짜를 잊어버렸어요 .
我忘記買皮鞋的日期了。

★★★
호텔
〔hotel〕

飯店

사람들은 지금 호텔 방에 있습니다 .
人們現在在飯店房裡。

★★★
목요일
〔木曜日〕

星期四

자기 물건은 목요일 밤까지 모두 가져가 주시기 바랍니다 .
個人物品請在星期四晚上前全部帶走。

★★★
관광지
〔觀光地〕

觀光地區

유명한 관광지보다는 작은 마을을 여행합니다 .
比起有名的觀光地區，我更會去小的村落旅行。

★★ **운전** 〔運轉〕	開車 저는 여행할 때 직접 운전을 합니다 . 我旅行的時候會親自開車。
★★ **회사** 〔會社〕	公司 우리는 결혼한 후에 서울에서 살면서 회사에 다녔습니다 . 我們結婚之後在首爾上班生活。
★★ **여름**	夏天 냉면은 여름에 자주 먹는 음식입니다 . 冷麵是夏天經常吃的食物。
★★ **학원** 〔學院〕	補習班 저는 피아노 학원에 다닌 지 5 년이 되었습니다 . 我上鋼琴補習班已經 5 年了。
★★ **산책** 〔散策〕	散步 저녁에 산책하러 오는 사람들이 많아요 . 晚上來散步的人很多。
★★ **옷**	衣服 오늘 산 옷은 가격도 싸고 디자인도 예쁩니다 . 今天買的衣服價格便宜，設計也很好看。
★★ **공원** 〔公園〕	公園 여기는 공원 안에 호수가 있네요 . 這的公園裡面有湖水呢。
★★ **전화** 〔電話〕	電話 저는 전화로 갈비탕을 주문했습니다 . 我用電話訂了排骨湯。

★★ **짐**	行李	
	짐이 많아서 이사하기 힘들었습니다 . 我行李很多，所以搬家很辛苦。	

★★ **기차** 〔汽車〕	火車
	120 전화는 택시나 기차 예약도 도와 줍니다 . 120 電話可以幫忙預約計程車或火車。

★★ **종일** 〔終日〕	整天
	금요일 하루 종일 기숙사를 청소할 계획입니다 . 我打算星期五整天打掃宿舍。

★★ **등산** 〔登山〕	爬山
	산을 좋아해서 자주 등산을 합니다 . 我喜歡山，所以經常去爬山。

★★ **가족** 〔家族〕	家人
	가족을 못 만난 지 벌써 1 년이 됐습니다 . 我已經 1 年沒見到家人了。

★★ **발**	腳
	비가 와서 발이 물에 젖었어요 . 因為下雨，腳都被水弄濕了。

★★ **관광** 〔觀光〕	觀光
	아침에 출발해서 저녁에 돌아오는 좋은 관광 상품이 있어요 ? 有不錯的早上出發、晚上回來的觀光商品嗎？

★★ **겨울**	冬天
	겨울에 따뜻한 나라로 여행을 가는 사람들이 많습니다 . 有很多人會在冬天去溫暖的國家旅行。

★★ **물건** 〔物件〕	**物品** 낚시에 필요한 물건은 직접 가지고 가야 합니다 . 你必須親自帶釣魚需要的物品過去。
★★ **여자** 〔女子〕	**女人、女性** 요즘에는 결혼 후에도 자기 일을 하는 여자들이 많습니다 . 最近有很多結婚以後也自己工作的女性。
★★ **운동** 〔運動〕	**運動** 운동을 하기 전에 음식을 많이 먹으면 안 됩니다 . 運動前不能吃太多食物。

1. 다음을 듣고 물음에 맞는 대답을 고르십시오 . 🎧 21

    ① 친구와 일해요 .   ② 매일 일해요 .

    ③ 열심히 일해요 .   ④ 회사에서 일해요 .

2. 다음은 무엇에 대해 말하고 있습니까 ? 알맞은 것을 고르십시오 . 🎧 22

    ① 인사   ② 건강   ③ 계절   ④ 겨울

3. 무엇에 대한 이야기입니까 ? 알맞은 것을 고르십시오 .

> 이사를 합니다 . 물건이 많습니다 .

    ① 돈   ② 짐   ③ 책   ④ 쓰레기

4. ( ) 에 들어갈 가장 알맞은 것을 고르십시오 .

> 여행을 갑니다 . ( ) 에서 잡니다 .

    ① 호텔   ② 도로   ③ 식탁   ④ 커피숍

聽力原文

1. 여자 : 어디에서 일해요 ?

    남자 : _____ .

1. ④   2. ③   3. ②   4. ①

2. 여자 : 이번 여름에 많이 더웠지요 ?

    남자 : 네 , 그런데 이젠 좀 추워졌어요 .

★★ **위치** 〔位置〕	位置 롯데백화점 위치 좀 가르쳐 주시겠어요 ? 你可以告訴我樂天百貨公司的位置在哪嗎？
★★ **조금**	一點 그래도 조금만 더 보고 가면 안 될까요 ? 可以再看一下再走嗎？
★★ **대학교** 〔大學校〕	大學 오월에는 많은 대학교에서 축제가 열립니다 . 五月有很多大學會舉辦慶典。
★★ **경기** 〔競技〕	比賽 저는 달리기 경기에 참가하려고요 . 我想參加賽跑。
★★ **최근** 〔最近〕	最近 이 도서관은 최근에 지은 건물이라서 무척 깨끗합니다 . 這個圖書館是最近才落成的建築，所以非常乾淨。
★★ **이사** 〔移徙〕	搬家 저는 오늘 새 집에 이사를 왔습니다 . 我今天搬來新家了。
★★ **식당** 〔食堂〕	餐廳 중국 음식을 파는 식당을 중국집이라고 합니다 . 賣中國料理的餐廳叫중국집 (中國餐廳)。
★★ **순서** 〔順序〕	順序 요리책에 떡볶이를 만드는 순서가 나와 있습니다 . 料理書有做辣炒年糕的順序。

사진
〔寫眞〕

照片

저는 사진을 찍는 게 취미예요 .
我的興趣是照相。

치킨
〔chiken〕

炸雞

한강 공원에서 치킨을 주문하면 배달해 줍니다 .
在漢江公園點炸雞，外送會送來。

백화점
〔百貨店〕

百貨公司

시장이 생기기 전에 백화점에 자주 갔습니다 .
在市場出現之前，我很常去百貨公司。

홈페이지
〔homepage〕

首頁

자세한 내용은 홈페이지를 확인해 주세요 .
詳細的內容請在首頁確認。

결혼
〔結婚〕

結婚

친구의 결혼을 축하해 주고 싶습니다 .
我想祝福朋友結婚。

학교
〔學校〕

學校

저는 매일 아침 산책을 하고 학교에 갑니다 .
我每天早上散步去學校。

고장
〔故障〕

故障

고장 난 텔레비전을 싸게 삽니다 .
我買了便宜的故障電視。

아르바이트
〔arbeit〕

打工

저는 편의점에서 아르바이트를 하고 있습니다 .
我正在便利商店打工。

의미
〔意味〕

意義

이름의 의미처럼 제 옆에는 항상 친구가 있습니다 .
就如同名字的意義一樣，我身旁總有朋友。

흰색
〔흰色〕

白色

눈이 많이 내려서 세상이 흰색으로 바뀌었네요 .
下了很多雪，所以世界變成白色的了。

역사
〔歷史〕

歷史

김치 박물관에 가면 김치의 역사를 볼 수 있습니다 .
去辛奇博物館可以看到辛奇的歷史。

개

狗

개는 작은 소리까지도 잘 듣습니다 .
狗可以聽到很小的聲音。

주위
〔周圍〕

周圍

주위에 고향 친구들이 살아서 항상 만날 수 있습니다 .
故鄉的朋友住在我附近，所以總是可以見到面。

이용
〔利用〕

利用

많은 이용 바랍니다 .
請多多利用。

가게

商店

집에 오는 길에 반찬 가게에서 저녁 반찬을 좀 샀어요 .
我回家的路上在小菜店裡買了一些晚餐的小菜。

이하
〔以下〕

以下

7 세 이하 어린이에게 작은 인형을 드립니다 .
會送 7 歲以下的孩子小娃娃。

입장료
〔入場料〕
★★

入場費

이 연극은 입장료도 싸지만 내용도 아주 재미있어요 .
這個舞台劇雖然入場費便宜，但是內容很有趣。

주인
〔主人〕
★★

主人

주인을 찾고 있는데 아직도 주인이 나타나지 않습니다 .
在找主人，但是主人都還沒出現。

표
〔票〕
★★

票

다섯 시 영화 표 , 두 장 주세요 .
請給我兩張五點的電影票。

용품
〔用品〕
★★

用品

아버지 생신 때 등산 용품을 사 드리면 어때요 ?
父親生日時買登山用品給他如何？

초등학생
〔初等學生〕
★★

小學生

그는 초등학생 때 비행기에 관심이 많았습니다 .
他在小學生的時候就對飛機充滿興趣。

운동화
〔運動靴〕
★★

運動鞋

체육관에서는 모두 운동화를 신어야 합니다 .
所有人在體育館都得穿運動鞋。

구경
★★

逛

서울 구경을 할 때는 주로 지하철을 탑니다 .
我在逛首爾的時候主要是搭地鐵。

식사
〔食事〕
★★

吃飯

집에서 식사를 하면서 재미있는 이야기를 듣습니다 .
我在家吃飯，一邊聽有趣的事情。

★ ★ **시내** 〔市內〕	市中心 우리 내일은 시내에 가서 같이 저녁 먹어요 . 我們明天要去市中心一起吃晚餐。
★ ★ **아침**	早上 아침에 일어나서 운동을 하면 즐겁습니다 . 早上起床運動很愉快。
★ ★ **사고** 〔事故〕	事故 자전거 도로에서도 사고가 많이 나는 것 같아요 . 自行車道上好像也經常發生事故。

1. 다음을 듣고 이어지는 말을 고르십시오 .　　　　　🎧 23

    ① 네 . 어서 오세요 .　　　　　② 네 . 고마워요 .

    ③ 네 . 찍을게요 .　　　　　　④ 네 . 또 오세요 .

2. 여기는 어디입니까 ? 알맞은 것을 고르십시오 .　　　🎧 24

    ① 백화점　　　　② 대학교　　　　③ 체육관　　　　④ 운동장

3. 무엇에 대한 이야기입니까 ? 알맞은 것을 고르십시오 .

> 들어갈 때 돈을 냅니다 . 어린이는 무료입니다 .

    ① 기차표　　　　② 입장료　　　　③ 영화관　　　　④ 버스표

4. ( ) 에 들어갈 가장 알맞은 것을 고르십시오 .

> ( ) 이 내립니다 . 모두 흰색이 됩니다 .

    ① 물　　　　② 구름　　　　③ 바람　　　　④ 눈

聽力原文

1. 여자 : 사진 좀 찍어 주실래요 ?

    남자 : ＿＿＿＿＿＿＿＿＿＿＿ .

答案

| 1. ③ | 2. ① | 3. ② | 4. ④ |

2. 남자 : 남자 옷은 어디에 있어요 ?

    여자 : 4 층에 있습니다 . 감사합니다 .

건강 ★★
〔健康〕

健康

걷는 것은 건강에 도움이 많이 됩니다 .
走路對健康很有幫助。

세상 ★★
〔世上〕

世界

세상은 넓고 여행을 가고 싶은 곳은 참 많습니다 .
世界很大，想去旅行的地方非常多。

걷기 ★★

走路

천천히 걷기 시작해서 조금씩 빨리 걷는 것이 좋습니다 .
一開始慢慢走，然後再一點一點加快比較好。

위 01 ★★

上面

방에 들어가 보니까 침대 위에는 아무 것도 없어요 .
我進去房間一看，床上什麼都沒有。

이유 ★★
〔理由〕

理由

눈이 나빠지는 이유는 안 좋은 생활 습관 때문입니다 .
眼睛變不好的理由是因為不好的生活習慣。

요가 ★★
〔yoga〕

瑜珈

인터넷으로 요가 수업을 듣고 있는데 , 생각보다 괜찮아요 .
我用網路聽瑜珈課，覺得比想像中好。

행사 ★★
〔行事〕

活動

돌에는 아이가 물건을 잡는 특별한 행사를 합니다 .
週歲的時候孩子會有抓週的特別活動。

역할 ★★
〔役割〕

角色

3 년 전에 영화에서 화가 역할을 한 적이 있어요 .
3 年前曾在電影中擔任畫家的角色。

★★ **전화번호** 〔電話番號〕	電話號碼 휴대전화 회사를 바꿔도 전화번호는 바꿀 필요가 없습니다. 就算換了電信公司，也不用換電話號碼。
★★ **상대** 〔相對〕	對方 상대 팀이 너무 잘하는데 우리 팀이 이길 수 있을까요？ 對方隊伍太強了，我們隊贏得了嗎？
★★ **매표소** 〔賣票所〕	售票處 공항버스 표는 3 번과 8 번 출구 매표소에서 살 수 있습니다. 機場巴士票可以在 3 號跟 8 號出口售票處購買。
★★ **이틀**	兩天 너무 아파서 이틀 동안 밥을 못 먹었어요. 我因為太不舒服，兩天吃不下飯。
★★ **송이**	朵 장미꽃 열 송이 주세요. 請給我十朵玫瑰花。
★★ **버스표** 〔bus 票〕	公車票 부산에 가는 버스표는 어디에서 살 수 있어요？ 請問去釜山的公車票要在哪裡買？
★★ **가수** 〔歌手〕	歌手 저는 가수가 되기 위해서 음악을 배웁니다. 我為了成為歌手學習音樂。
★★ **영상** 01 〔映像〕	影片 친구는 제가 찍은 영상을 보고 좋아했습니다. 朋友看了我拍的影片很喜歡。

수영장 〔水泳場〕 ★★

游泳池

호텔에 있는 수영장은 무료로 이용하실 수 있습니다 .
您可以免費使用飯店的游泳池。

점심시간 〔點心時間〕 ★★

午餐時間

점심시간은 1 시 반까지입니다 .
午餐時間到 1 點半。

토요일 〔土曜日〕 ★★

星期六

이번 주 토요일에 시간이 있으니까 가르쳐 주세요 .
我這週六有時間，請教我。

종이 ★★

紙

종이로 만든 지폐는 찢어지기 쉽습니다 .
紙做的紙幣很容易撕破。

남자 〔男子〕 ★★

男人

그 남자는 지금 제 남자 친구입니다 .
那個男人現在是我男朋友。

가짜 〔假짜〕 ★★

假

동전은 가짜 돈을 만들기 쉽습니다 .
硬幣很容易做成假錢。

땅 ★★

土地

새로 산 땅에 꽃과 야채를 조금씩 심을 겁니다 .
我會在新買的土地上種一點花跟蔬菜。

규칙 〔規則〕 ★★

規則

기숙사 생활 규칙을 잘 지켜 주시기 바랍니다 .
請好好遵守宿舍生活規則。

★★ **친구** 〔親舊〕	朋友
	저는 초등학교 때 친하게 지낸 친구가 한 명 있었습니다 . 我國小的時候有一個經常在一起的朋友。

★★ **단풍** 〔丹楓〕	楓葉
	제 고향의 산은 단풍이 아름답습니다 . 我故鄉的山的楓葉很漂亮。

★★ **차**⁰¹ 〔茶〕	茶
	처음으로 한옥에서 차도 마시고 잠도 잤어요 . 我第一次在韓屋喝茶睡覺。

★★ **교통경찰** 〔交通警察〕	交通警察
	저의 꿈은 커서 교통경찰이 되는 것입니다 . 我的夢想是長大之後成為交通警察。

★★ **얼굴**	臉
	이 화가는 사람의 얼굴을 그려 줍니다 . 這個畫家會幫人畫他們的臉。

★★ **지하철역** 〔地下鐵驛〕	地鐵站
	회사에서 지하철역이 가까워서 좋습니다 . 公司到地鐵站很近，所以很不錯。

★★ **선생님** 〔先生님〕	老師
	한국어 선생님께서 발음 연습을 도와 주셨어요 . 韓語老師幫助我練習發音。

★★ **부분** 〔部分〕	部分
	발표할 때 사람들이 잘 못한 부분을 말해 주었습니다 . 發表的時候，人們會告訴我做不好的部分。

휴대전화
〔携帶電話〕
★★

手機

시험을 볼 때에는 휴대전화를 가지고 들어가지 못 합니다 .
考試的時候，不能帶手機進去。

밥
★★

飯

학생 식당의 밥은 음식 값이 싸고 김치가 맛있습니다 .
學生餐廳食物便宜，辛奇很好吃。

내용
〔內容〕
★★

內容

어려운 내용을 쉽게 이해할 수 있어서 공부에 도움도 돼요 .
困難的內容可以輕鬆理解，所以對讀書也有幫助。

| 練習題 13 · 연습 문제 13 |

1. 다음을 듣고 물음에 맞는 대답을 고르십시오 . 🎧 25

① 네 , 지하철역이에요 .　　　② 아니요 , 지하철역이 있어요 .

③ 네 , 지하철역이 멀어요 .　　④ 아니요 , 지하철역이 커요 .

2. 다음은 무엇에 대해 말하고 있습니까 ? 알맞은 것을 고르십시오 . 🎧 26

① 규칙　　　② 식사　　　③ 건강　　　④ 공부

3. 무엇에 대한 이야기입니까 ? 알맞은 것을 고르십시오 .

> 저는 선생님입니다 . 남편은 교통경찰입니다 .

① 직업　　　② 나이　　　③ 이름　　　④ 가족

4. ( ) 에 들어갈 가장 알맞은 것을 고르십시오 .

> 가을 산은 아름답습니다 . ( ) 을 구경하러 갑니다 .

① 음악회　　　② 대사관　　　③ 단풍　　　④ 추억

聽力原文

1. 남자 : 지하철역이 멀어요 ?

　　여자 : ＿＿＿＿＿＿＿＿＿＿＿ .

答案

1. ③　　2. ①　　3. ①　　4. ③

2. 남자 : 기숙사 생활에서 뭐가 가장 중요해요 ?

　　여자 : 밤 12 시까지 들어와야 해요 .

새집 ⁰¹ ★★

新家

이사가 끝나고 새집에서 친구와 저녁을 먹었습니다.

搬家結束後，在新家跟朋友吃了晚餐。

此單字也有「새집 ⁰² 鳥巢」之意，為새（鳥）的집（家）。

엘리베이터 ★★
〔elevator〕

電梯

엘리베이터에는 어른 8 명까지만 탈 수 있습니다.

電梯最多可以乘載 8 名成人。

의자 ★★
〔椅子〕

椅子

근데 의자가 우리 아이한테 너무 높진 않겠죠?

但是椅子對我的孩子來說應該不會太高吧？

외국어 ★★
〔外國語〕

外語

외국어를 잘하니까 여행사에서도 일할 수 있을 겁니다.

外語很好，所以可以在旅行社工作。

내일 ★★
〔來日〕

明天

지난 번에 빌린 책 내일 가져다 줄 수 있어요?

你上次借的書，明天可以帶過來嗎？

하루 ★★

一天

월요일부터 금요일까지 하루에 세 시간씩만 하면 돼요.

星期一到星期五，一天做三小時就可以了。

반 ⁰¹ ★★
〔半〕

半

9 시에 출발하니까 8 시 반까지 오세요.

9 點要出發，所以請在 8 點半前過來。

말씀 ★★

話

선생님께 말씀 좀 전해 주세요.

請幫我把話轉達給老師。

★★ **박수**〔拍手〕	拍手、鼓掌
	사람들의 박수 소리를 들으면 기분이 좋아집니다 .
	聽到人們的鼓掌聲，心情會變好。

★★ **고등학교**〔高等學校〕	高中
	고등학교 졸업 후에 한 달 동안 여행을 갈 계획입니다 .
	高中畢業之後，我計畫去旅行一個月。

★★ **마트**〔mart〕	超市
	요즘 날마다 마트에서 치킨 한 마리를 오천 원에 팔고 있습니다 .
	最近每天超市都有賣一整隻五千韓元的炸雞。

★★ **호수**〔湖水〕	湖
	공원 안에 있는 호수 앞에 앉아서 책을 읽습니다 .
	我坐在公園的湖前面看書。

★★ **과장**〔科長〕	科長
	김 과장님 , 어디 몸이 안 좋으세요 ?
	金科長，身體哪裡不舒服嗎？

★★ **색**〔色〕	顏色 (可以跟「색깔顏色」交替使用)
	비가 오는 날에는 어두운 색 옷을 입습니다 .
	我在下雨天時會穿暗色的衣服。

★★ **오월**〔五月〕	五月
	오월에는 가족들과 함께 하는 행사가 아주 많네요 .
	五月跟家人一起的活動很多。

★★ **요금**〔料金〕	費用
	서울에서 부산까지 일반석 요금은 59,000 원입니다 .
	從首爾到釜山一般座位的費用是 59,000 韓元。

★★
이제

現在

이제부터 종이컵을 쓰지 않으려고 합니다 .
我打算從現在開始不再使用紙杯。

★★
취직
〔就職〕

就職

컴퓨터 회사에서 일하고 싶어서 취직 준비를 하고 있어요 .
我想在電腦公司工作，正在做就職準備。

★★
입학
〔入學〕

入學

엄마는 아이에게 입학 선물을 주었습니다 .
媽媽給了孩子入學禮物。

★★
외국인
〔外國人〕

外國人

작가님의 책이 외국인들에게 인기가 많습니다 .
作家您的書很受外國人歡迎。

★★
국제
〔國際〕

國際

국제 수영 대회에는 5 개 나라가 참가합니다 .
國際游泳大賽共有 5 個國家參加。

★★
봄

春天

한국은 봄에 새 학기가 시작됩니다 .
韓國在春天開始新學期。

★★
청바지
〔靑바지〕

牛仔褲

청바지가 왜 파란색인지 아세요 ?
你知道為什麼牛仔褲是藍色的嗎？

★★
잠

睡覺

휴일에는 영화를 보거나 잠만 자고 싶습니다 .
假日我想看電影或一直睡覺。

긴장
〔緊張〕
★★

緊張

사실 제가 사람들 앞에서 긴장을 많이 해요 .
其實我在人群面前很容易緊張。

실수
〔失手〕
★★

失誤

사람들 앞에서 발표할 때 실수를 많이 했어요 .
我在人們面前發表的時候經常犯錯。

색깔
〔色깔〕
★★

顏色

근데 이거 말고 다른 색깔은 없어요 ?
但是除了這個，還有其他顏色嗎？

대신
〔代身〕
★★

代替

식사비를 안 내는 대신 청소를 하면 됩니다 .
你沒付飯錢，就用打掃來代替吧。

미용사
〔美容師〕
★★

美容師

도시의 큰 미용실에서 일하는 미용사입니다 .
我是在都市的大美容院裡工作的美容師。

체육관
〔體育館〕
★★

體育館

오늘은 비가 와서 체육관에서 운동을 합니다 .
今天下雨，所以我在體育館裡運動。

안내
〔案內〕
★★

介紹

관광 안내와 기차 예약도 도와 줍니다 .
也會為你做觀光介紹跟火車預訂。

발음
〔發音〕
★★

發音

한국에 3 년간 살고 나서 한국어 발음이 많이 좋아졌어요 .
我在韓國住了 3 年後，韓語發音變好很多。

★★★ **공장** 〔工場〕	**工廠** 원하는 색깔이 가게에 없어서 공장에 주문을 했는데요 . 商店裡沒有我要的顏色，所以我跟工廠下訂了。
★★★ **맛**	**味道** 떡볶이는 아주 맵지만 그 맛을 잊을 수 없습니다 . 雖然辣炒年糕很辣，但是我卻沒辦法忘記那個味道。 代表性的味道有 5 種，分別為단맛甜味、매운맛辣味、신맛酸味、쓴맛苦味、짠맛鹹味。這些都是中級的單字，但 TOPIK1 會出現「단맛甜味」此單字。另外要注意形容詞「맵다辣、시다酸、싱겁다淡、쓰다 04 苦、짜다 03 鹹」全都是初級單字。
★★★ **꽃**	**花** 여자 신발에는 꽃 그림을 그려 넣었습니다 . 在女性的鞋子上畫了花的花樣。
★★★ **재료** 〔材料〕	**材料** 이 비누는 쌀이나 과일 같은 자연 재료로 만듭니다 . 這個肥皂是用米或水果之類的天然材料做成的。

1. 다음을 듣고 물음에 맞는 대답을 고르십시오 . 🎧 27

① 지하철로 가요 . ② 공원에 가요 .

③ 저녁에 가요 . ④ 친구가 가요 .

2. 여기는 어디입니까 ? 알맞은 것을 고르십시오 . 🎧 28

① 공장 ② 고등학교 ③ 마트 ④ 미용실

3. 무엇에 대한 이야기입니까 ? 알맞은 것을 고르십시오 .

> 청바지는 파랗습니다 . 티셔츠는 하얗습니다 .

① 소리 ② 색깔 ③ 맛 ④ 가게

4. ( ) 에 들어갈 가장 알맞은 것을 고르십시오 .

> 우리 팀이 이겼습니다 . 기뻐서 ( ) 를 칩니다 .

① 피아노 ② 테니스 ③ 의자 ④ 박수

聽力原文

1. 남자 : 집에 어떻게 가요 ?

여자 : _____ .

2. 여자 : 과자는 어디에 있어요 ?

남자 : 저기 음료수 뒤에 있어요 .

答案

1. ① 2. ③ 3. ② 4. ④

건물
〔建物〕
★★

建築

近義詞 ⇒ P.254

기숙사 건물 안에는 식당과 편의점이 있습니다 .
宿舍建築裡有餐廳跟便利商店。

축하
〔祝賀〕
★★

祝福

고향 친구들이 축하 인사를 하는 것도 찍을 겁니다 .
我也把故鄉朋友的祝福拍下來。

날
★★

日子

저와 여동생은 태어난 날이 같습니다 .
我跟妹妹出生的日子相同。

상자
〔箱子〕
★★

箱子

먼저 필요 없는 물건들을 상자 안에 넣었습니다 .
我把不需要的東西放進箱子裡。

빌딩
〔building〕
★★

建築

近義詞 ⇒ P.254

이 빌딩 안에 우리 회사 사무실이 있습니다 .
這棟建築裡有我們公司的辦公室。

아래
★★

下面

우리 저기 나무 아래에 앉아서 잠깐 쉴까요 ?
我們坐在那邊的樹下休息一下吧？

학생
〔學生〕
★★

學生

학생은 공부를 열심히 하는 것이 가장 중요합니다 .
對學生來說，認真讀書是最重要的。

음식
〔飲食〕
★★

食物

한국에서 음식을 먹을 때는 항상 김치가 같이 나옵니다 .
在韓國吃東西的時候，辛奇總是會一起出現。

★★
쌀

米

한국 전통 떡은 모두 쌀로 만듭니다 .
韓國傳統年糕全部都是用米做的。

★★
필요
〔必要〕

必要

쇼핑을 하러 직접 마트에 갈 필요가 없습니다 .
沒有必要親自去超市購物。

★★
옛날

以前

한국의 옛날 그림은 몇 층에 있어요 ?
韓國的古畫在幾樓？

★★
경치
〔景致〕

風景

여행하면서 아름다운 경치를 즐길 수 있습니다 .
可以一邊旅行一邊享受美麗的風景。

★★
길

路

길을 몰라서 사람들에게 물어봤습니다 .
我不知道路，所以問了其他人。

★★
기간
〔期間〕

期間

휴가 기간 동안 드라마에 나온 유명한 섬에 갔다 왔어요 .
休假期間我去了趟出現在連續劇裡的有名的島。

★★
프로그램
〔program〕

節目

우리 가족들은 텔레비전 프로그램을 조용히 봅니다 .
我的家人安靜地看電視節目。

★★
장소
〔場所〕

場所

커피도 마시고 조용히 책도 읽을 수 있는 그런 장소가 있을까요 ?
有沒有那種可以喝咖啡、安靜看書的場所？

★★ **얼마**	多少 방송에 소개되고 얼마 후에 어릴 때 친구를 찾았습니다 . 在節目介紹過後不久，就找到小時候的朋友了。
★★ **경험** 〔經驗〕	經驗 힘들기는 하겠지만 좋은 경험이 될 거예요 . 雖然很辛苦，但會是很好的經驗。
★★ **낮잠**	午覺 우리 회사에서는 낮잠을 잘 수 없습니다 . 我們公司不能睡午覺。
★★ **주변** 〔周邊〕	周邊 기찻길 주변을 공원으로 새롭게 만들었습니다 . 鐵路周邊改造成了新的公園。
★★ **문** 〔門〕	門 지금은 열쇠가 없어도 문을 열 수 있습니다 . 現在即使沒有鑰匙也可以開門。
★★ **공** 01	球 공원에서 운동하다가 공에 맞았습니다 . 我在公園運動到一半被球打到了。
★★ **마이크** 〔mike〕	麥克風 마이크를 잡으면 가수가 되는 것을 의미합니다 . 拿到麥克風就代表成為歌手。
★★ **부자** 〔富者〕	有錢人 마음 착한 동생은 나중에 큰 부자가 되었습니다 . 心地善良的弟弟／妹妹之後成了大富翁。

★★ **예약** 〔豫約〕	預約 예약 손님이 두 분 계십니다 . 預約的客人有兩位。
★★ **근처** 〔近處〕	附近 한국어 교육원이 집 근처에 있어서 편리해요 . 韓語教育院就在家附近，所以很方便。
★★ **생활** 〔生活〕	生活 레몬은 이렇게 우리 생활에서 다양하게 사용됩니다 . 檸檬在我們的生活中很廣泛地被使用。
★★ **기념품** 〔紀念品〕	紀念品 여행 마지막 날에는 기념품을 사기로 했습니다 . 旅行最後一天決定買紀念品。
★★ **댁** 〔宅〕	家（為집與가정的敬語） 시간이 날 때마다 할머니 댁에 가서 책과 신문을 읽어 드립니다 . 我有時間就會去奶奶家唸書和報紙給他聽。
★★ **올해**	今年 축제는 올해 처음으로 시작됐습니다 . 慶典今年第一次展開。
★★ **이메일** 〔e-mail〕	電子郵件 여러 번 전화했는데 통화 중이라서 이메일을 보냅니다 . 我打了好幾次電話，但都是通話中，所以寄電子郵件。
★★ **사이즈** 〔size〕	尺寸 이 구두는 사이즈가 220 부터 280 까지 있습니다 . 這個皮鞋有 22 到 28 的尺寸。

★★
참가
〔參加〕

參加

近義詞 ⇒ P.259

대회 참가 신청은 인터넷에서 하면 됩니다 .
參賽申請在網路上進行即可。

★★
잔치

宴會

近義詞 ⇒ P.258

친구 결혼 잔치에 가서 전통 국수를 먹었습니다 .
我去朋友的結婚喜宴吃了傳統麵條。

★★
특급
〔特急〕

特快

지금 특급으로 보내면 오늘 저녁에 도착할 겁니다 .
現在用特快寄的話，今天晚上就會到。

| 練習題 15・연습 문제 15 |

1. 다음을 듣고 이어지는 말을 고르십시오 .　　　　　　　　　🎧 29

　　① 미안합니다 .　　　　　　　　② 감사합니다 .
　　③ 아니에요 .　　　　　　　　　④ 좋겠어요 .

2. 다음은 무엇에 대해 말하고 있습니까 ? 알맞은 것을 고르십시오 .　　🎧 30

　　① 어제　　　　② 요즘　　　　③ 작년　　　　④ 옛날

3. 무엇에 대한 이야기입니까 ? 알맞은 것을 고르십시오 .

> 여행을 왔습니다 . 가족 선물을 샀습니다 .

　　① 케이크　　　　② 기념품　　　　③ 재료　　　　④ 마이크

4. (　) 에 들어갈 가장 알맞은 것을 고르십시오 .

> (　) 에 갑니다 . 친구가 결혼합니다 .

　　① 졸업　　　　② 공연　　　　③ 근처　　　　④ 잔치

聽力原文

1. 남자 : 생일 축하합니다 .
　　여자 : ＿＿＿＿＿＿＿＿＿＿ .

2. 여자 : 이게 무슨 사진이에요 ?
　　남자 : 50 년 전의 우리 집이에요 .

答案

1. ②　　2. ④　　3. ②　　4. ④

★★ **종류** 〔種類〕	種類 이 책을 보면 정원의 종류를 알 수 있습니다 . 看了這本書就可以知道庭園的種類。
★★ **모양** 〔模樣〕	模樣 近義詞 ⇒ P.255 전통 떡 카페에서 여러가지 모양과 색깔의 떡을 먹었습니다 . 我在傳統年糕咖啡廳裡吃了各種模樣跟顏色的年糕。
★★ **소고기**	牛肉，也可稱為쇠고기。 전통 떡볶이에는 소고기를 넣습니다 . 傳統辣炒年糕會放牛肉。
★★ **오랜만**	隔了許久 오랜만에 산에 오니까 좋네요 . 久違地來到山上，真好。
★★ **월요일** 〔月曜日〕	星期一 우리 병원은 월요일에는 문을 열지 않습니다 . 我們醫院星期一不開門。
★★ **간장** 〔간醬〕	醬油 불고기를 만들 때에는 간장과 설탕이 들어갑니다 . 做烤肉時會放醬油跟糖。
★★ **고추장** 〔고추醬〕	辣椒醬 고추장을 넣기 때문에 조금 매울 수 있습니다 . 因為放了辣椒醬，可能會有點辣。
★★ **사인** 〔sign〕	簽名 유명한 만화가의 사인도 받을 수 있습니다 . 可以獲得有名漫畫家的簽名。

연습
〔練習〕

練習

운전해서 회사에 가려면 연습을 많이 해야 합니다 .
如果想開車去公司，就必須經常練習才行。

연락
〔連絡〕

聯絡

관심 있으신 분은 이메일로 연락 주십시오 .
有興趣的人請透過電子郵件聯絡。

돈

錢

이 결혼식은 돈이 많이 들지 않습니다 .
這個婚禮沒有花很多錢。

분위기
〔雰圍氣〕

氣氛

자유롭고 밝은 분위기 때문에 사람들이 이곳에 많이 옵니다 .
因為自由明朗的氣氛，很多人會造訪這裡。

소식
〔消息〕

消息

'떡 만들기 행사' 소식을 친구한테서 들었어요 .
「製作年糕的活動」的消息我是從朋友那邊聽說的。

손님

客人

손님이 오셔서 어머니는 음식을 준비하고 계십니다 .
客人來了，所以母親在準備食物。

소리

聲音

할아버지는 작은 소리를 잘 못 들으십니다 .
爺爺聽不太到小的聲音。

승객
〔乘客〕

乘客

승객 여러분 , 잠시 후 기차가 출발하겠습니다 .
各位乘客，待會火車就要出發了。

近義詞 ⇒ P.252

중간
〔中間〕
★★

中間

서울 투어 버스는 중간에 내려서 관광지를 구경할 수도 있습니다 .
首爾觀光巴士可以在中途下車逛逛觀光景點。

고등학생
〔高等學生〕
★★

高中生

제가 고등학생 때부터 좋아하는 야구 선수인데요 .
這是我從高中就很喜歡的棒球選手。

영화배우
〔映畫排優〕
★★

電影演員

예전에 제 꿈은 유명한 영화배우였습니다 .
以前我的夢想是成為有名的電影演員。

연락처
〔連絡處〕
★★

聯絡方式

연락처에는 연락이 가능한 전화번호를 써 주세요 .
聯絡方式請寫上可以聯絡到的電話號碼。

평일
〔平日〕
★★

平日

주말보다는 평일 저녁에 시간이 괜찮습니다 .
比起週末，平日晚上時間較方便。

눈길
★★

雪路

첫 번째 역에서 내려서 눈길을 산책합니다 .
在第一站下車後，在雪路散步。

눈사람
★★

雪人

눈이 내리는 날에는 눈사람을 만들었습니다 .
我在下雪的日子做了雪人。

얼음낚시
★★

冰上釣魚

겨울축제 때에는 얼음낚시가 인기가 많습니다 .
冬季慶典時冰上釣魚很受歡迎。

★★
메모
〔memo〕

便條

저는 잘 잊어버리기 때문에 항상 메모를 합니다 .
我很容易忘記，所以總是會寫便條記下來。

★★
평소
〔平素〕

平常

그림을 좋아해서 평소에 많이 봐요 .
我喜歡畫，所以平時經常看。

★★
밖

外面

누나는 잠깐 집 밖에 나갔어요 .
姐姐暫時出門了。

要特別注意「밖外面」(名詞) 跟「밖에以外」(助詞) 需區分使用。

● 밖外面（名詞）:
　누나는 **집 밖에** 나갔다 .　姐姐出門了。→表示「家的外部」。

집		밖	에
家		外	

● 밖以外（助詞）:
　누나는 **공부밖에** 모른다 .　姐姐除了讀書以外什麼都不知道。→表示「讀書以外」。

공부	밖에
讀書	以外

★★
토끼

兔子

우리 동네 산에는 토끼가 많이 살고 있습니다 .
我們社區山上住著很多兔子。

★★
쓰기

寫作

한국어 쓰기 시험은 50 분 동안 네 문제를 써야 합니다 .
韓語寫作考試 50 分鐘內要寫四個題目。

		全身
★★ **온몸**		

온몸 — 全身

사람들은 걸을 때 온몸이 움직이게 됩니다 .

人在走路的時候會動到全身。

「온몸全身」是結合「온全」跟「몸身體」而形成的單字。用同種方式形成的單字還有온몸全身（名詞）、온종일整天（名詞／副詞）、온갖各種（冠形詞）、온통全部（副詞）。但是要特別注意「온 세상全世界」的온與세상之間有空格，不能寫成「온세상」。

★★ **십일월**
〔十一月〕

11 月

십일월인데 올해는 벌써 눈이 내렸습니다 .

11 月就下了今年第一場雪。

1 月 ~12 月是初級必備單字：

請特別注意連音單字的發音以及六月유월（육월 X）與十月시월（십월 X）的寫法。另外，1 月跟 2 月、11 月跟 12 月發音聽起來比較類似，需要經常做聽力練習。

月份	1 月	2 月	3 月	4 月	5 月	6 月	7 月	8 月	9 月	10 月	11 月	12 月
寫法	일월	이월	삼월	사월	오월	유월	칠월	팔월	구월	시월	십일월	십이월
發音	이뤌		사뤌				치뤌	파뤌			시비뤌	시비뤌

★★ **할인권**
〔割引券〕

折價券

이 할인권으로 영화를 7,000 원에 볼 수 있어요 .

用這個折價券看電影只要 7,000 韓元。

★★ **일** 01

工作

회사 일 때문에 파티에 좀 늦을 것 같아요 .

我因為公司工作的關係，派對可能會遲到一下。

★★ **도시**
〔都市〕

都市

서울은 한국에서 사람이 가장 많이 사는 도시입니다 .

首爾是韓國最多人居住的都市。

★★ **마음**

心

마음이 아프고 힘들 때 친구를 만납니다 .

我心痛、很辛苦的時候會見朋友。

1. 다음을 듣고 물음에 맞는 대답을 고르십시오. 🎧 31

    ① 아니요 , 일이 많아요 .   ② 아니요 , 일을 좋아해요 .

    ③ 네 , 일을 해요 .   ④ 네 , 일이 힘들어요 .

2. 다음은 무엇에 대해 말하고 있습니까 ? 알맞은 것을 고르십시오. 🎧 32

    ① 연락   ② 편지   ③ 계획   ④ 연습

3. 무엇에 대한 이야기입니까 ? 알맞은 것을 고르십시오 .

> 서울이 가장 큽니다 . 부산에도 사람이 많습니다 .

    ① 시골   ② 외국   ③ 손님   ④ 도시

4. ( ) 에 들어갈 가장 알맞은 것을 고르십시오 .

> 저는 잘 잊어버립니다 . 항상 ( ) 를 합니다 .

    ① 안내   ② 메모   ③ 식사   ④ 걷기

聽力原文

1. 여자 : 일을 해요 ?

    남자 : _____ .

答案

2. 남자 : 저는 이메일을 보냈어요 . 수진 씨는요 ?

1. ③   2. ①   3. ④   4. ②   여자 : 저는 전화를 걸었어요 .

★★
길이

長度

새로 산 바지 길이가 너무 길어요 .

新買的褲子長度太長了。

度量名詞是由形容詞詞幹跟「- 이 /- 기」結合後形成的。例如길이長度（길다長的）、높이高度（높다高的）、크기大小（크다大的）、넓이寬度（넓다寬的）、밝기亮度（밝다亮的）等單字。

★★
유행
〔流行〕

流行

이 디자인은 유행이 지났어요 .

這個設計已經退流行了。

★★
지난주
〔지난週〕

上週

지난주에 친구들과 같이 여행을 갔습니다 .

我上週跟朋友一起去旅行了。

★★
눈물

眼淚

친한 친구와 헤어져서 눈물이 났습니다 .

我跟很好的朋友分開，所以留下了眼淚。

★★
안쪽

裡面

저기 안쪽 자리 어떠세요 ?

那裡面的位子如何？

★★
다리 01

腳

고양이는 다리를 다쳐서 힘들어 보였습니다 .

貓因為腳受傷，看起來很辛苦。

★★
도움

幫助

한국에서 공부할 때 선생님의 도움을 많이 받았습니다 .

我在韓國讀書的時候從老師那裡獲得許多幫助。

★★ **오전** 〔午前〕	早上
	내일은 특별히 오전에만 일을 하면 됩니다 . 明天特別地只要早上工作就好。

★★ **전통차** 〔傳統茶〕	傳統茶
	전통차 만들기 프로그램을 신청했습니다 . 我申請了製作傳統茶的課程。

★★ **금요일** 〔金曜日〕	星期五
	청소 시간은 이번 주 금요일 오후 1 시부터 6 시까지입니다 . 打掃時間是這週星期五下午 1 點到 6 點。

★★ **겨울옷**	冬季衣物
	공항에는 겨울옷을 맡아 주는 곳이 있습니다 . 機場有可以寄放冬季衣物的地方。

★★ **소화** 〔消化〕	消化
	식혜가 소화를 도와주기 때문입니다 . 因為食醯有助消化。

★★ **담당자** 〔擔當者〕	負責人
	인터넷 쇼핑몰 담당자에게 이메일을 보냈습니다 . 我寄了電子郵件給網路購物中心負責人。

★★ **답장** 〔答狀〕	回信
	편지를 보낸 지 한 달이 됐는데 답장이 오지 않습니다 . 我信都寄了一個月了，還沒收到回信。

★★ **통화** 〔通話〕	通話
	지금 전화 통화는 좀 불편한데요 . 現在不方便通電話。

★ **문자** 〔文字〕	簡訊 학교에서 보낸 문자 메시지를 받았어요 ? 你收到學校發的簡訊了嗎 ?
★ **주말** 〔週末〕	週末 공항에는 주말에도 여는 은행이 있습니다 . 機場即使是週末也有銀行會開。
★ **기쁨**	喜悅 가까운 사람들과 함께 결혼의 기쁨을 나눕니다 . 跟親近的人分享結婚的喜悅。
★ **저녁**	傍晚、晚餐 퇴근 후 저녁에 친구와 운동을 하려고 합니다 . 下班後晚上我想跟朋友一起去運動。
★ **다행** 〔多幸〕	幸好 지갑을 잃어버렸는데 다시 찾아서 정말 다행이었습니다 . 我原本掉了錢包，能夠重新找回來真的是太好了。
★ **자연** 〔自然〕	自然 이 약의 재료는 모두 자연에서 온 것입니다 . 這個藥的材料全部都是天然的。
★ **문제** 〔問題〕	問題 무슨 문제가 있으세요 ? 有什麼問題 ?
★ **긴팔**	長袖、長度到手腕的袖子、袖子長的衣服 날씨가 추워서 긴팔로 갈아입었다 . 天氣冷，所以我換成長袖的了。

동네
社區

우리 동네에도 자전거 도로가 생겼어요 .
我們社區也有自行車道路了。

숫자
〔數字〕

數字

7 은 행운의 숫자입니다 .
7 是幸運數字。

손녀
〔孫女〕

孫女

할머니는 손녀가 피아노 치는 것을 들으며 기뻐하셨습니다 .
奶奶聽孫女彈鋼琴很開心。

연주
〔演奏〕

演奏

선생님의 피아노 연주는 언제 들어도 아름답습니다 .
老師的鋼琴演奏不管什麼時候聽都很美妙。

한참
一段時間

비가 멈출 때까지 한참을 기다렸습니다 .
我等雨停等了一段時間。

인기
〔人氣〕

人氣

이 식당의 인기 메뉴가 뭐예요 ?
這個餐廳的人氣餐點是什麼？

사용
〔使用〕

使用

사용 기간은 2021 년 12 월 한 달 동안입니다 .
使用期間是 2021 年 12 月一整個月。

정말
真的

그 영화배우가 한국에 왔다는 게 정말이에요 ?
那個電影演員真的到韓國來了嗎？

★ **작년** 〔昨年〕	去年 저도 작년에 그 한옥마을에 가 봤어요 . 我去年也去了那個韓屋村。
★ **지난번** 〔지난番〕	上次 지난번 집보다 넓어서 좋아요 . 比上次的家大所以很好。
★ **구월** 〔九月〕	9 月 구월의 가을 하늘은 높고 맑습니다 . 9 月的秋天天空很高又晴朗。

| 練習題 17・연습 문제 17 |

1. 다음을 듣고 물음에 맞는 대답을 고르십시오 . 🎧 33

① 친구하고 마셨어요 .　　　　② 차를 마셨어요 .

③ 아침에 마셨어요 .　　　　　④ 한 잔 마셨어요 .

2. 여기는 어디입니까 ? 알맞은 것을 고르십시오 . 🎧 34

① 커피숍　　　② 병원　　　③ 미용실　　　④ 은행

3. 무엇에 대한 이야기입니까 ? 알맞은 것을 고르십시오 .

> 바지를 샀습니다 . 너무 짧습니다 .

① 색깔　　　② 길이　　　③ 날씨　　　④ 키

4. (　) 에 들어갈 가장 알맞은 것을 고르십시오 .

> 저녁에 춥습니다 . (　) 을 입었습니다 .

① 긴팔　　　② 신발　　　③ 안경　　　④ 한복

(聽力原文)

1. 여자 : 커피숍에서 뭘 마셨어요 ?

   남자 : ＿＿＿＿＿＿＿＿＿＿＿＿ .

2. 여자 : 머리를 어떻게 해 드릴까요 ?

   남자 : 짧게 잘라 주세요 .

(答案)

1. ②　　2. ③　　3. ②　　4. ①

연예인
〔演藝人〕

藝人

요즘은 연예인이 되고 싶어하는 학생들이 많습니다 .
最近有很多學生想成為藝人。

운동선수
〔運動選手〕

運動選手

아빠는 젊을 때 테니스 운동선수였습니다 .
爸爸年輕時是網球選手。

아이스크림
〔icecream〕

冰淇淋

더운 여름철에는 아이스크림이 빨리 녹습니다 .
冰淇淋在炎熱的夏季會很快融化。

기름

油

기름 중에 가장 맛있는 건 참기름 아닐까요 ?
油中最好吃的應該是芝麻油吧？

「기름油」根據不同狀況會當作不同意思使用：
① 식용유 (食用油)：좋은 기름에 튀긴 치킨입니다 . (這是用好的油炸的炸雞。)
② 자동차 연료 (汽車燃料)：차에 기름을 넣으려고 주유소에 왔습니다 . (我來加油站，想給汽車加油。)
③ 기계 오일 (機器油)：자전거를 오래 사용하려고 기름을 바릅니다 . (我給自行車上油，希望能長久使用。)
④ 음식 지방 (食物脂肪)：소고기의 기름 부분은 먹지 마세요 . (不要吃牛肉油的部分。)
⑤ 피부 분비물질 (皮膚分泌物質)：얼굴에 기름이 많아서 자주 세수를 합니다 . (我因為臉很油，所以經常洗臉。)

프라이팬
〔frypan〕

平底鍋

프라이팬에서 돼지고기를 5 분간 볶아 주세요 .
請將豬肉放在平底鍋內炒 5 分鐘。

시험공부
〔試驗工夫〕

準備考試

곧 졸업 시험이 있어서 시험공부를 해야 합니다 .
畢業考馬上就到了，我必須要好好準備考試才行。

★ **기분**〔氣分〕	心情
	힘들지만 우리는 매년 기분 좋게 이 일을 합니다.
	雖然很累，但我們每年都很開心地做這個工作。

★ **정**〔情〕	感情
	제가 물을 주고 키워서 나무와 정이 많이 들었습니다.
	我給樹木澆水栽培，所以產生了許多感情。

★ **꿈**	夢
	어젯밤 꿈에서 저는 비행기를 운전해서 날고 있었습니다.
	我昨天晚上在夢中開飛機飛翔。

★ **동화책**〔童話冊〕	童話書
	아이들에게 동화책을 읽어 주는 일을 하고 있습니다.
	我正在做給孩子唸童話書的工作。

★ **예전**	以前
	예전에 저를 만난 적이 있으시지요?
	您以前有見過我吧？

★ **집**	家
	요즘 집 안에 실내 정원을 만들고 싶어하는 분들 많으시죠?
	最近有很多人想要在家裡做室內庭園吧？
	「집 안家裡」跟「집안家庭」是不同的單字，寫的時候必須注意空格。「집 안家裡」是指家的「內部（空間）」，「집안家庭」則是指「家人或親屬」。
	例句：
	• 요즘 바이러스 때문에 밖에 나가지도 못하고 매일 집 안에만 있어요.（最近因為病毒的關係，都不能出去，每天都只能待在家裡。）
	• 저는 온 식구가 음악을 하는 음악가 집안에서 자랐습니다.（我是在音樂世家中長大的。）

★ **관심**〔關心〕	關心
	그 책을 읽은 후부터 건강에 관심이 생겼습니다.
	我在讀了那本書之後對健康產生了興趣。

방법
〔方法〕

方法

이 책에는 꽃을 키우는 방법이 사진과 함께 있습니다 .

這本書栽培花的方法中同時附有照片。

건너

對面

길 건너에 관광 안내소가 있으니까 가서 한번 물어보세요 .

路對面有遊客中心，可以去那裡問問看。

화면
〔畫面〕

畫面

이번에 크고 좋은 화면으로 이 영화를 다시 볼 수 있습니다 .

這次可以透過又大又好的畫面重新看這部電影。

후
〔後〕

後

시장이 바뀐 후부터 사람들이 다시 많아졌습니다 .

市場改變後人重新變多了。

화요일
〔火曜日〕

星期二

저는 화요일 저녁에 케이팝 (K-POP) 수업에 갑니다 .

我星期二晚上會去上 K-POP 課程。

결혼식장
〔結婚式場〕

結婚禮堂、婚禮場地

결혼식장에 가는 길이 막힐 수도 있습니다 .

去婚禮場地的路上可能會塞車。

준비
〔準備〕

準備

저희는 모든 준비가 되어 있습니다 .

我們做好所有準備了。

느낌

感覺

사람을 처음 만날 때는 부드러운 느낌의 안경을 씁니다 .

我跟人第一次見面時，會戴上給人感覺柔軟的眼鏡。

★
시청
〔市廳〕

市政府

이 버스는 시청 앞에서 출발합니다 .
這個公車從市政府前面出發。

★
오랫동안

許久

물건을 살 때 오랫동안 생각만 하고 빨리 결정하지 못합니다 .
我在買東西的時候會思考許久，沒辦法很快下決定。

★
산새

山鳥

겨울에 산에 사는 산새들은 먹을 것이 없습니다 .
冬天住在山中的山鳥沒有吃的東西。

★
게시판
〔揭示板〕

公佈欄

아파트 게시판에서 주차장 청소 공지 사항을 확인해 주십시오 .
請在公寓公佈欄上確認停車場打掃公告事項。

★
수요일
〔水曜日〕

星期三

매주 수요일은 우리 회사 ' 가족 사랑의 날 ' 입니다 .
每週三是我們公司的「家人愛的日子」。

★
노인
〔老人〕

老人

' 한글 공부방 ' 은 한글을 모르는 노인들이 다니는 곳입니다 .
「韓文字讀書室」是不懂韓文字的老人去的地方。

★
달 01

月

다음 달부터 회사 식당에서 아침을 먹으려고 해요 .
我打算從下個月開始在公司餐廳吃早餐。

★
생신
〔生辰〕

生日 (為생일的敬語)

다음 주가 선생님 생신인데 뭐 특별한 선물 없을까요 ?
下週是老師的生日，有沒有什麼特別的禮物？

★ **처음**	一開始
	처음부터 고양이와 친하게 지냈습니다 . 我一開始就跟貓處得很來。
★ **메뉴** 〔menu〕	菜單
	12 시 전에는 모든 메뉴가 5,000 원입니다 . 12 點以前全部菜單都是 5,000 韓元。
★ **매주** 〔每週〕	每週
	매주에 세 번씩 1 시간 이상 걷기 운동을 합니다 . 我每週會做三次 1 個小時以上的走路運動。
★ **안**	裡面　　　　　　　　　　　　　　近義詞 ⇒ P.256
	소포 안에 뭐가 들어 있어요 ? 包裹裡面有什麼？
★ **그때**	那時
	그때 어떤 남자가 저에게 와서 우산을 주었습니다 . 那時有某個男人過來給了我雨傘。
★ **진료** 〔診療〕	診療
	오후 2 시부터 다시 진료를 시작합니다 . 下午 2 點診療會重新開始。

1. 다음을 듣고 이어지는 말을 고르십시오 . 🎧 35

   ① 잘 먹겠습니다 .   ② 아주 맛있습니다 .

   ③ 여기 있습니다 .   ④ 잘 지냈습니다 .

2. 여기는 어디입니까 ? 알맞은 것을 고르십시오 . 🎧 36

   ① 병원   ② 박물관   ③ 편의점   ④ 꽃집

3. 무엇에 대한 이야기입니까 ? 알맞은 것을 고르십시오 .

> 내일 여행을 갑니다 . 가방에 옷을 넣습니다 .

   ① 예약   ② 계산   ③ 운동   ④ 준비

4. ( ) 에 들어갈 가장 알맞은 것을 고르십시오 .

> 잠을 잤습니다 . 밤에 ( ) 을 꾸었습니다 .

   ① 잠   ② 정   ③ 꿈   ④ 돈

聽力原文

1. 남자 : 김밥 두 개 주세요 .

   여자 : _____ .

2. 여자 : 어떻게 오셨어요 ?

   남자 : 어제부터 열이 나고 배도 아파서요 .

答案

▍ 1. ③   2. ①   3. ④   4. ③

★ **지난달**	上個月	
	지난달에는 크고 작은 일들이 많아서 바쁘게 지냈어요 .	
	上個月有很多大大小小的事情，所以過得很忙碌。	

★ **입구** 〔入口〕	入口	
	입구에 휴대전화를 맡기는 곳이 있습니다 .	
	入口有可以寄放手機的地方。	

★ **물청소**	刷洗	
	지하 주차장 물청소를 다음 주 월요일과 화요일에 할 예정입니다 .	
	地下停車場刷洗預計在下週星期一跟星期二進行。	

★ **혼자**	獨自	
	혼자서는 물건을 잘 고르지 못합니다 .	
	我一個人不太會挑東西。	

★ **옆**	旁邊	
	도서관 바로 옆에 지하철역 입구가 보입니다 .	
	圖書館旁邊就看得到地鐵站的入口了。	

★ **도착** 〔到着〕	到達	
	요즘 배달할 물건이 많아서 도착 시간을 말씀 드리기 좀 어렵네요 .	
	最近配送的東西很多，所以很難跟您說明到達時間。	

★ **모습**	模樣	近義詞 ⇒ P.255
	이 극장에는 카메라들이 있어서 사람들의 웃는 모습을 찍습니다 .	
	這個劇場有攝影機，會把人們笑的模樣拍起來。	

★ **학생회관** 〔學生會館〕	（主要是在大學）爲學生提供吃飯、休息等課外活動的設備完善的建築。
	오늘 모임은 학생회관 1 층 카페에서 하겠습니다 .
	今天的聚會會在學生會館 1 樓咖啡廳舉行。

★ **가격**〔價格〕	價格	近義詞 ⇒ P.252

불편한 자리는 가격을 싸게 해야 합니다 .
不好的座位價格應該要便宜一點。

★ **할인**〔割引〕

打折

할인 가구를 아주 싸게 샀어요 .
我很便宜地買了打折的家具。

★ **습관**〔習慣〕

習慣

저는 공부를 할 때 음악을 듣는 습관이 있습니다 .
我讀書的時候有聽音樂的習慣。

★ **재미**

有趣

다 계획을 하고 가면 재미가 없을 것 같아요 .
都計畫好再去的話好像會很沒意思。

★ **오늘**

今天

오늘이 여자친구를 사귄 지 100 일 되는 날이에요 .
今天是跟女朋友交往滿 100 天的日子。

★ **보통**〔普通〕

普通、一般、平凡

이 음식은 누구나 할 수 있는 보통 요리가 아닙니다 .
這個料理不是誰都能做的普通料理。

★ **사람**

人

동네 공원에는 운동하는 사람이 많습니다 .
在社區公園運動的人很多。

★ **병** 02〔瓶〕

瓶、瓶子

음료수 병을 버리지 않고 꽃병으로 쓰고 있어요 .
我沒把飲料的瓶子丟掉，而是當花瓶在使用。

★ **앞**	前面
	우리 앞에 무슨 일이 생길지 아무도 모릅니다 . 沒有人知道我們之後會發生什麼事。
★ **시월** 〔十月〕	10 月
	시월은 가을 단풍 구경을 가기 가장 좋은 때입니다 . 10 月是去賞秋天楓葉最佳的時機。
★ **카메라** 〔camera〕	相機
	그는 아름다운 자연을 찍는 카메라 작가입니다 . 他是拍攝美麗大自然的攝影師。
★ **추억** 〔追憶〕	回憶
	꽃길을 걸으면서 아름다운 추억을 만들어 보시기 바랍니다 . 希望您可以一邊走在花間小路，一邊製造美麗的回憶。
★ **모레**	後天
	오늘 보낼 거니까 모레쯤은 받으실 겁니다 . 今天會寄，所以大概後天可以收到。
★ **아빠**	爸爸
	아빠와 함께 맛있는 음식을 만들어요 ! 跟爸爸一起做好吃的料理！
★ **어른**	大人　　　　　　　　　　　　　　近義詞 ⇒ P.256
	어른의 참가비는 아이보다 2,000 원 더 비쌉니다 . 大人的參加費比小孩貴 2,000 韓元。
★ **마지막**	最後
	마지막 기차가 출발하니까 빨리 타세요 . 最後的火車要出發了，趕快上車。

| ★ **나중** | 之後 | 近義詞 ⇒ P.272 |

저는 이 영화 나중에 집에서 보려고요 .
我之後想在家裡看這部電影。

★ **걱정**

擔心

아이 때문에 걱정이 돼서 왔어요 .
我因為擔心孩子所以來了。

★ **시간**
〔時間〕

時間

평일에는 기타를 연습할 시간이 없어서요 .
因為平日沒有練習吉他的時間。

★ **메시지**
〔message〕

訊息

친구한테 결혼 축하 메시지를 보냈어요 .
我給朋友發了恭喜結婚的訊息。

★ **단것**

甜的東西

피곤할 때 단것을 먹으면 기분이 좋아집니다 .
累的時候吃甜的心情會變好。

★ **곳**

地方

이번 주에는 두 곳에 면접을 하러 가요 .
我這週要去面試兩個地方。

★ **꽃병**
〔꽃瓶〕

花瓶

식탁 위에 예쁜 꽃병 하나가 있습니다 .
餐桌上有一個漂亮的花瓶。

★ **정도**
〔程度〕

程度

30 분 정도 기다리셔야 합니다 .
大概得等 30 分鐘。

★ **그날**	那天
	저 식당은 그날 준비한 걸 다 팔면 문을 닫아요 . 那個餐廳如果賣完當天準備的量就會關門。
★ **덕분** 〔德分〕	多虧
	이 특별한 이름 덕분에 사람들이 저를 잘 기억합니다 . 多虧這個特別的名字,人們很容易就把我記起來。
★ **팀장** 〔team 長〕	組長
	팀장님이 행사 때 필요한 물건들을 메모해 주었습니다 . 組長把活動時需要的物品都幫我記下來了。

1. 다음을 듣고 물음에 맞는 대답을 고르십시오 . 🎧 37

　① 네 , 오늘이에요 .　　　　　② 아니요 , 생일이에요 .

　③ 네 , 어제예요 .　　　　　　④ 아니요 , 내일이 아니에요 .

2. 다음은 무엇에 대해 말하고 있습니까 ? 알맞은 것을 고르십시오 . 🎧 38

　① 시간　　　　② 기억　　　　③ 건강　　　　④ 걱정

3. 무엇에 대한 이야기입니까 ? 알맞은 것을 고르십시오 .

> 어제는 천 원입니다 . 오늘 사면 오백 원입니다 .

　① 가게　　　　② 할인　　　　③ 통장　　　　④ 재료

4. （　）에 들어갈 가장 알맞은 것을 고르십시오 .

> 병원 점심 시간입니다 . 2 시에 （　）를 시작합니다 .

　① 통화　　　　② 대화　　　　③ 연주　　　　④ 진료

聽力原文

1. 남자 : 생일이 오늘이에요 ?

　여자 : _____ .

2. 남자 : 오늘 친구를 못 만났어요 ?

　여자 : 네 . 전화도 안 받아요 .

答案

▌ 1. ①　　2. ④　　3. ②　　4. ④

가위
★

剪刀

가위를 사용해서 고기를 자르면 아주 편리합니다 .
使用剪刀剪肉很方便。

작가
〔作家〕
★

作家

작가는 여러 나라의 음식과 문화를 책으로 썼습니다 .
作家將各種國家的食物跟文化寫成書。

한국인
〔韓國人〕
★

韓國人

한국인에게는 재미있고 특별한 습관들이 있습니다 .
韓國人有些有趣跟特別的習慣。

바닥
★

底部

소금물에 넣었을 때 달걀이 그릇 바닥에 있으면 신선한 것입니다 .
雞蛋放進鹽水後，如果是在碗底的話，就表示是新鮮的。

단맛
★

甜味

설탕은 단맛을 낼 때 사용합니다 .
糖會在要發出甜味時使用。

손
★

手

밥을 먹기 전에는 반드시 손을 씻습니다 .
吃飯前一定要洗手。

하얀색
〔하얀色〕
★

白色

하얀색 옷은 어떻게 빨아야 더 깨끗해질까요 ?
白色衣服要怎麼洗才會變更乾淨？

신문
〔新聞〕
★

報紙

여러 종류의 신문을 인터넷에서 볼 수 있습니다 .
你可以在網路上看各個種類的報紙。

지금〔只今〕	現在
	지금은 그림을 취미로 배우고 있어요 .
	我現在在學畫畫當作興趣。

생각	想法
	이 동네에 놀러 오면 옛날 고향 생각이 납니다 .
	來這個社區玩時會想到以前的故鄉。

이번〔이番〕	這次
	이번 겨울에는 눈이 많이 왔으면 좋겠어요 .
	希望這個冬天下很多雪。

고민〔苦悶〕	煩惱
	바꾸고 싶은데 선물 받은 거라서 고민이에요 .
	我想要換掉，但這是收到的禮物，真是煩惱。

일주일〔一週日〕	一週
	아르바이트는 일주일에 세 번 합니다 .
	打工一週要做三次。

교육원〔敎育院〕	教育特定知識或技術的機關
	한국어 교육원 삼 층에서 행사를 합니다 .
	活動會在韓語教育院三樓舉辦。

상 06〔賞〕	獎
	잘하는 학생들이 많았는데 제가 상을 받아서 정말 기뻐요 .
	厲害的學生很多，所以我能得到獎真的很開心。

학기〔學期〕	學期
	이번이 한국에서 공부하는 마지막 학기예요 .
	這是在韓國讀書的最後一個學期。

★ **동안**	期間
	오래간만에 친구를 만나 한참 동안 이야기를 했습니다 . 跟朋友很久不見，所以聊了很久的時間。

★ **무료** 〔無料〕	免費
	할인 기간에 옷 두 벌을 사시면 한 벌을 무료로 드립니다 . 折扣期間買兩件衣服，就免費送一件。

★ **일시** 〔日時〕	日期 (是只在公告、指南、文書等文件內使用的書面體單字)

단풍 여행
賞楓之旅

2021 년 가을
2021 年 秋天

일시 : **2021.10.23(토) 오전 6 시**
日期 : 2021.10.23（六） 上午 6 點

장소 : **2 호선 시청역 1 번 출구**
場所 : 2 號線市政府站 1 號出口

★ **오후** 〔午後〕	下午
	오후에는 친구 집에 가서 숙제를 같이 하려고 합니다 . 我下午想去朋友家一起寫作業。

★ **다음**	下個、下一個、下次、之後
	다음에 또 오세요 . 歡迎下次光臨。

★ **뒷자리**	後面的位子
	앞자리나 뒷자리는 영화 볼 때 좀 불편하죠 . 前面的位子跟後面的位子看電影時不太方便。

뮤지컬
〔musical〕

音樂劇

뮤지컬 배우는 노래도 잘하고 연기도 잘합니다.
音樂劇演員歌唱得好，戲也演得好。

즐거움

樂趣

자기 통장이 생기면 돈을 모으는 즐거움을 느낄 수 있을 거예요.
如果有了自己的存摺，就可以感受到存錢的樂趣。

주 03
〔週〕

週

이번 주는 더 열심히 공부해야 합니다.
這週要更努力讀書。

전 02
〔前〕

前、之前

눈이 나빠지기 전에 눈 건강을 지켜야 합니다.
必須在眼睛變糟之前守護眼睛的健康。

달리기

跑步

가벼운 달리기로 운동을 시작합니다.
我用簡單的跑步來開始運動。

목걸이

項鍊

건강검진을 하는 날에는 목걸이를 하지 말고 오세요.
做健康檢查的那天不要戴項鍊過來。

※ 考古題雖然出了「꽃목걸이花項鍊」，但這個單字在基本韓語學習範圍之外，因此初級字彙用「목걸이項鍊」代替。

때

時候

저는 작년 한국 여행 때 비행기를 처음 탔습니다.
我去年去韓國旅行時是第一次搭飛機。

학생회
〔學生會〕

學生會

대학교에서 학생회 활동을 열심히 하고 있습니다.
我在大學努力地參與學生會的活動。

★ 그동안	這段時間
	그동안 연습한 거 한번 쳐 볼래요 ? 要不要將這段時間練習的彈一次看看呢 ?

★ 대리 〔代理〕	代理
	이 대리님이 드디어 과장이 되셨습니다 . 李代理終於變成科長了。

★ 요즘	最近
	요즘도 일 때문에 많이 바쁘세요 ? 最近也因為工作很忙嗎 ?

★ 공지 사항 〔公知事項〕	公告事項 (向許多人告知的內容或事項)
	학교 홈페이지에서 공지 사항을 꼭 읽어 보시기 바랍니다 . 請一定要閱讀學校首頁的公告事項。

★ 관리실 〔管理室〕	管理室
	관리실에서는 아파트의 안전 , 주차 , 청소 등을 관리합니다 . 管理室會管理公寓的安全、停車、打掃等事務。

★ 예정 〔豫定〕	預定
	이 기차는 12 시에 출발할 예정입니다 . 這班火車預定 12 點出發。

| 練習題 20・연습 문제 20 |

1. 다음을 듣고 물음에 맞는 대답을 고르십시오 . 　🎧 39

① 네 , 얼굴을 씻었어요 .　　　　　② 아니요 , 얼굴을 안 씻었어요 .

③ 네 , 손을 씻었어요 .　　　　　　④ 아니요 , 얼굴이 깨끗해요 .

2. 여기는 어디입니까 ? 알맞은 것을 고르십시오 . 　🎧 40

① 극장　　　　② 미술관　　　　③ 은행　　　　④ 회사

3. 무엇에 대한 이야기입니까 ? 알맞은 것을 고르십시오 .

> 새로운 소식이 있습니다 . 인터넷으로도 봅니다 .

① 신문　　　　② 만화책　　　　③ 엽서　　　　④ 게임

4. ( ) 에 들어갈 가장 알맞은 것을 고르십시오 .

> 고기를 굽습니다 . ( ) 로 잘라 먹습니다 .

① 열쇠　　　　② 가위　　　　③ 메뉴　　　　④ 실수

聽力原文

1. 여자 : 손을 씻었어요 ?

　남자 : _____ .

2. 여자 : 여기가 우리 자리예요 ?

　남자 : 네 . 지금 뮤지컬 시작했어요 .

答案

1. ③　　　2. ①　　　3. ①　　　4. ②

일정 〔日程〕 ★
日程

이번 학기 시험 일정이 발표되었습니다 .
這個學期的考試日程發表了。

주차 〔駐車〕 ★
停車

청소를 하는 날에는 주차를 할 수 없습니다 .
打掃的日子不能停車。

힘 ★
力量

정리를 자주 하면 힘이 듭니다 .
經常整理的話會很辛苦。

올림 ★
敬上、呈上、敬上、獻上

선생님 , 그럼 안녕히 계세요 . 老師，那麼再見了。

또 연락 드릴게요 . 我再跟您聯絡。

2021.12.1

정준 올림 政俊敬上

跟「올림敬上」類似的表達還有「드림上」。「올림敬上」比「드림上」感覺再鄭重一點。(☞可參考動詞篇的單字「드리다給」)

유학생 〔留學生〕 ★
留學生

한국어의 인기 때문에 유학생들이 조금씩 많아지고 있습니다 .
因為韓語很受歡迎，留學生正在慢慢增加。

서류 〔書類〕 ★
文件

외국에 돈을 보내려면 써야 할 서류가 많습니다 .
如果想要寄錢到國外，必須寫很多文件。

태권도 〔跆拳道〕 ★
跆拳道

태권도를 신청한 학생은 체육관으로 오시기 바랍니다 .
申請跆拳道的學生請到體育館。

★ **공기** 〔空氣〕	空氣
	산 위는 경치도 좋고 공기도 신선해요 . 山上風景很漂亮，空氣也很新鮮。

★ **제목** 〔題目〕	題目
	이번에 해외에서 상을 받은 영화의 제목은 '기생충' 입니다 . 這次在海外獲獎的電影名稱叫「寄生上流」。

★ **여름철**	夏季
	여름철에는 갑자기 비가 올 수 있습니다 . 夏季有可能突然下雨。

1. 다음을 듣고 이어지는 말을 고르십시오. 🎧 41

   ① 미안해요.   ② 잘 있어요.

   ③ 반가워요.   ④ 잘 가요.

2. 다음은 무엇에 대해 말하고 있습니까? 알맞은 것을 고르십시오. 🎧 42

   ① 주차   ② 버스   ③ 출발   ④ 기차

3. 무엇에 대한 이야기입니까? 알맞은 것을 고르십시오.

> 외국 사람입니다. 한국에서 공부합니다.

   ① 교수님   ② 선생님   ③ 대학생   ④ 유학생

4. (　) 에 들어갈 가장 알맞은 것을 고르십시오.

> 할아버지, 그럼 안녕히 계세요. 철수 (　).

   ① 쓰기   ② 편지   ③ 올림   ④ 인사

聽力原文

1. 남자 : 수지 씨, 저 먼저 갈게요.
   여자 : ＿＿＿＿＿＿＿＿＿＿＿.

2. 여자 : 자리가 있어요?
   남자 : 네. 여기에 차를 세워요.

答案

1. ④   2. ①   3. ④   4. ③

動詞

★★★ **빨다**	洗
	레몬은 하얀 옷을 빤 후에 사용할 수도 있습니다 . 檸檬可以在洗白的衣服之後使用。

★★★ **발표하다**〔發表 -〕	發表
	우리가 준비한 것을 친구들 앞에서 발표했습니다 . 我們在朋友的面前發表了準備的東西。

★★★ **결정하다**〔決定 -〕	決定
	어려운 일을 결정하는 건 언제나 힘듭니다 . 做困難的決定不管在任何時候都很辛苦。

★★★ **졸업하다**〔卒業 -〕	畢業
	저는 작년에 졸업하고 바로 컴퓨터 회사에 취직했습니다 . 我去年畢業之後馬上就在電腦公司就職。

★★★ **벌다**	賺錢
	도시에서 살려면 돈을 많이 벌어야 합니다 . 如果想在都市裡生活，就必須賺很多錢。

★★★ **이기다**	贏
	우리 팀이 이겨서 기분이 좋았어요 . 我們隊贏了，所以心情很好。

★★★ **환영하다**〔歡迎 -〕	歡迎
	우리 학교에 들어온 신입생 여러분을 환영합니다 ! 歡迎進入本校的各位新生！

★★★
지우다
擦掉

지우개로 지울 수 있는 볼펜을 선물로 받았습니다 .
我收到可以用橡皮擦擦掉的原子筆禮物。

★★★
지르다
尖叫 르不

콘서트에서 같이 노래를 따라 부르고 소리를 질렀습니다 .
我在演唱會一起跟著唱歌、尖叫。

★★★
노래하다
唱歌

아버지는 기분이 좋아서 즐겁게 노래하셨습니다 .
爸爸心情很好,所以開心地唱了歌。

★★★
여행하다
〔旅行 -〕
旅行

저는 혼자 운전하면서 여행하는 걸 좋아합니다 .
我喜歡一個人開車旅行。

★★★
준비되다
〔準備 -〕
準備

많은 선물이 준비되어 있으니 많이 참가해 주시기 바랍니다 .
準備了很多禮物,請大家多多參與。

★★★
수영하다
〔水泳 -〕
游泳

바다에서 수영할 때에는 항상 조심해야 합니다 .
在海裡游泳時,必須總是很小心。

★★★
할인하다
〔割引 -〕
打折

옷장을 일주일 동안 30% 할인합니다 .
衣櫃打七折,為期一週。

★★★
고치다
修理

텔레비전이 소리가 안 나오는데 오늘 고칠 수 있을까요 ?
電視發不出聲音,今天可以修理嗎?

★★★ **씻다**	洗
	밖에서 집에 돌아오면 비누로 손을 깨끗하게 씻으십시오 . 從外面回來時，請用肥皂把手洗乾淨。

★★★ **돌아가다**	回去
	비행기 값이 비싸서 지금 고향에 돌아갈 수 없습니다 . 飛機票太貴了，所以現在不能回故鄉。

★★★ **노력하다** 〔努力 -〕	努力
	훌륭한 배우가 되려고 더 열심히 노력했습니다 . 為了成為優秀的演員，更加地努力了。

★★★ **모이다**	集合
	신청자는 체육관에 모인 후에 학생회관으로 갈 겁니다 . 申請者會在體育館集合後，再前往學生會館。

★★★ **버리다**	丟
	아직 쓸 수 있는데 그걸 왜 버려요 ? 那個還可以用，為什麼要丟掉？

★★★ **크다**	大
	친구 아기가 못 본 사이에 많이 컸습니다 . 朋友的小孩在沒見的期間長大很多。

另外還有其他像「크다大」一樣，同時是動詞跟形容詞的單字。「크다大」是有「長大、發展」意思的動詞，如果是「身高、長度等外型超過一般程度」的意思，則是形容詞。像這樣的單字還有「있다有、밝다亮、감사하다謝謝」等。

- 크다 長大；大、高
  - 動詞 나중에 커서 뭘 하고 싶어요 ?（長大之後想要做什麼？）
  - 形容詞 오빠는 키가 아주 큽니다 .（哥哥身高非常高。）

- 있다 在；有
  - 動詞 어디 가지 말고 집에 있어라 .（不要亂跑，待在家裡。）
  - 形容詞 저는 귀여운 남동생이 있습니다 .（我有個可愛的弟弟。）

- 밝다 亮

  動詞 벌써 아침이 밝았네요 . (已經天亮了。)

  形容詞 밝은 색깔의 옷을 좋아합니다 . (我喜歡亮色的衣服。)

- 감사하다 謝謝

  動詞 도와 주셔서 감사합니다 . (謝謝你幫我。)

  形容詞 지금도 선생님께 감사하고 있습니다 . (現在也仍然很感謝老師。)

★★★

축하하다

〔祝賀 -〕

慶祝

친구들이 케이크를 준비해서 생일을 축하해 주었습니다 .

朋友們準備蛋糕幫我慶祝了生日。

★★★

연습하다

〔練習 -/ 鍊習 -〕

練習

사람들이 없는 곳에서 연습했습니다 .

我在沒有人的地方練習。

★★★

선택하다

〔選擇 -〕

選擇

옛날에는 시험을 보기 전에 대학을 선택했습니다 .

以前是在考試之前先選大學。

★★★

주무시다

睡覺 (敬語)

할아버지는 집에 계신데 지금 주무세요 .

爺爺在家，不過正在睡覺。

★★★

숙제하다

〔宿題 -〕

做功課

친구 집에 가서 같이 숙제할 거예요 .

我會去朋友家一起做功課。

★★★

초대하다

〔招待 -〕

邀請

사람들은 결혼할 때 보통 많은 사람들을 초대합니다 .

人們結婚時通常會邀請很多人。

★★★ 계시다	在（敬語）	
	그럼 안녕히 계세요 . 那麼再見了。	

★★★ 교환하다 〔交換 -〕	交換	
	구두 사이즈를 240 으로 교환할 수 있을까요 ? 皮鞋尺寸可以換成 24 的嗎？	

★★★ 불다	吹；颳	近義詞 ⇒ P.261
	한국에도 여름에 태풍이 많이 붑니다 . 韓國在夏天也很常颳颱風。	

★★★ 움직이다	移動、動
	수영은 몸 전체를 움직이는 좋은 운동입니다 . 游泳是可以動到全身的良好運動。

★★★ 담그다	醃
	혼자 사시는 할머니들께 김치를 담가서 드릴 거예요 . 我會醃好辛奇之後拿給獨自居住的奶奶。

★★★ 잡다	① 抓、揪：用手握住不放 ② 獵殺、捕殺：殺死獸類或禽類
	물건을 잡는 행사는 아이의 첫 번째 생일에 합니다 . 抓週會在孩子的第一個生日舉行。 산에서는 새나 작은 동물을 잡으면 안 됩니다 . 不能在山裡抓鳥或小動物。

★★★ 연주하다 〔演奏 -〕	演奏
	이 노래를 바이올린으로 연주했습니다 . 我用小提琴演奏了這首歌。

★★★ 녹다	融化
	얼음이 녹아서 다 물이 되었습니다 . 冰塊融化後都變成水了。

1. 다음을 듣고 물음에 맞는 대답을 고르십시오 . 🎧 43

　　① 아니요 , 학교에 갔어요 .　　　　② 네 , 졸업했어요 .

　　③ 아니요 , 학교가 멀어요 .　　　　④ 네 , 학교에 다녀요 .

2. 여기는 어디입니까 ? 알맞은 것을 고르십시오 . 🎧 44

　　① 공원　　　　② 도서관　　　　③ 집　　　　④ 학교

3. 무엇에 대한 이야기입니까 ? 알맞은 것을 고르십시오 .

> 아주 차갑습니다 . 녹아서 물이 됩니다 .

　　① 얼음　　　　② 아이스크림　　　　③ 주스　　　　④ 과일

4. ( ) 에 들어갈 가장 알맞은 것을 고르십시오 .

> 자동차가 안 움직입니다 . 서비스 센터에서 ( ) .

　　① 샀습니다　　　　② 씻었습니다　　　　③ 지웠습니다　　　　④ 고쳤습니다

聽力原文

1. 여자 : 학교를 졸업했어요 ?

　　남자 : ＿＿＿＿＿＿＿＿＿＿＿ .

答案

　1. ②　　　2. ③　　　3. ①　　　4. ④

2. 여자 : 할아버지 계세요 ?

　　남자 : 지금 주무시는데요 .

★★★
짓다 做 ㅅ不

할머니께서 맛있는 된장찌개와 밥을 지어 주셨습니다 .
奶奶做了好吃的大醬湯跟飯。

★★★
아르바이트 하다
〔Arbeit-〕
打工

아르바이트할 곳을 찾았어요 ?
你找到打工的地方了嗎？

★★★
정리하다
〔整理 -〕
整理

시간이 있을 때마다 정리하는 게 좋습니다 .
最好有時間就整理。

★★★
전하다
〔傳 -〕
傳達

수미 씨에게 축하 인사 좀 전해 주세요 .
請幫我傳達祝福給秀美小姐。

★★★
함께하다 在一起

가족들과 함께하는 이 시간이 정말 즐겁습니다 .
跟家人在一起的這段時光真的很愉快。

★★★
관광하다
〔觀光 -〕
觀光

오늘은 관광하기 참 좋은 날씨예요 .
今天天氣很適合觀光。

★★★
쓰다 02 戴

이렇게 더운데 모자까지 썼어요 ?
這麼熱，你還戴帽子？

★★★
놀다 玩

그럼 , 산책하고 싶을 때 놀러 와요 .
那麼，你想散步的時候就過來玩吧。

★★★ **마시다**	喝
	언니는 아침에 일어나면 꼭 물을 한 잔 마십니다 . 姐姐早上起來一定會喝一杯水。

★★★ **식사하다** 〔食事 -〕	吃飯
	일어나서 식사하세요 . 請起床吃飯。

★★★ **드시다**	吃（敬語）
	이거 한번 드셔 보세요 . 請吃吃看這個。

★★★ **내려가다**	下去
	여기서부터는 내려가면서 구경하는 것도 나쁘지 않을 것 같은데요 . 從這裡邊下去邊參觀好像也不錯呢。

★★★ **원하다** 〔願 -〕	希望
	원하는 곳에 여행을 와서 너무 기뻐요 . 我到了想去的地方旅行，非常開心。

★★★ **말씀하다**	說話（敬語）
	할머니는 말씀하시는 걸 좋아하십니다 . 奶奶喜歡說話。

★★★ **통화하다** 〔通話 -〕	通話
	직원은 손님과 통화하고 집에 방문했습니다 . 職員跟客人通話，並前往他們的家訪問。

★★★ **포장하다** 〔包裝 -〕	包裝
	식당에서 먹고 남은 음식은 포장해서 가지고 가도 됩니다 . 餐廳裡吃剩的食物可以打包帶走。

★★★ **운전하다** 〔運轉 -〕	開車
	피곤할 때는 운전하면 안 됩니다 . 很累的時候不能開車。

★★★ **쇼핑하다** 〔shopping-〕	購物
	저는 쇼핑하고 친구와 식사했습니다 . 我去購物，也跟朋友吃飯。

★★★ **남다**	剩下
	대만에 다녀온 후에 동전이 남을 때가 있습니다 . 我曾經有從台灣回來後，還有剩下的硬幣過。

★★★ **찾아오다**	來找
	아이가 책을 잘 안 읽어서 어머니가 선생님을 찾아왔습니다 . 孩子不怎麼讀書，所以母親就來找老師了。

★★★ **닫다**	關閉
	이 가게는 방송에 소개된 후 문을 닫았습니다 . 這家店在節目中被介紹後就關門了。

★★★ **말다**	不要
	커피 말고 다른 음료수는 없어요 ? 除了咖啡還有其他飲料嗎？

★★★ **실례하다** 〔失禮 -〕	不好意思
	실례합니다 . 김 영수 씨 계세요 ? 不好意思。請問金英洙先生在嗎？

★★★ **가져가다**	拿去
	저는 이제 안 쓰니까 필요하시면 가져가세요 . 我不會再用到了，如果你需要的話可以拿去。

그리다
畫

여행하면서 아름다운 경치를 그립니다 .

我一邊旅行，一邊畫下美麗的風景。

일어나다
起來

피곤하면 잠깐 자리에서 일어나서 가벼운 운동을 하세요 .

如果累的話，就暫時從位子上起來，做做簡單的運動。

도착하다
〔到着 -〕
抵達

물건이 도착하는 시간을 알고 싶은데요 .

我想知道物品抵達的時間。

생각나다
想到

사진을 보는 동안 친한 친구가 많이 생각났습니다 .

我在看照片的期間，一直想到很要好的朋友。

잠자다
睡覺

잠잘 때 어머니가 노래를 불러 주셨습니다 .

母親在我睡覺的時候唱歌給我聽。

「睡覺型」動詞：名詞使用跟動詞一樣語源的動詞。
「잠자다睡覺」是「잠覺 + 자다睡」合起來的單字，「잠覺」是源自於「자다睡」的名詞。除了「잠자다睡覺」之外，類似的動詞還有「꿈꾸다作夢」、「춤추다跳舞」、「짐지다背負」等。

빌리다
借

책은 다섯 권까지 빌릴 수 있습니다 .

書可以借到五本。

그만두다
放棄

도서관 아르바이트를 그만둘까 합니다 .

我在想是不是不要做圖書館的打工了。

★★★ 입다	穿
	저 치마가 마음에 들어서 한번 입어 봤어요 . 我喜歡那件裙子，所以試穿過了。

★★★ 읽다	讀
	어제 바빠서 아직 이메일을 못 읽었어요 . 我昨天太忙了，所以到現在還沒看電子郵件。

★★★ 부르다	叫、唱 (歌) 르不　　　　　近義詞 ⇒ P.261
	친구가 노래를 부르면 저는 친구의 노래를 듣습니다 . 朋友如果唱歌，我就會聽他唱。

★★★ 바꾸다	換
	가게 주인들은 시장을 새롭게 바꾸기 위해서 노력했습니다 . 店家們為了將市場改頭換面而努力。

1. 다음을 듣고 물음에 맞는 대답을 고르십시오. 🎧 45

   ① 아이가 놀아요.   ② 집에서 놀아요.

   ③ 엄마하고 놀아요.   ④ 내일 놀아요.

2. 다음을 듣고 이어지는 말을 고르십시오. 🎧 46

   ① 반가워요.   ② 잠깐 기다리세요.

   ③ 아니에요.   ④ 잘 지내세요.

3. 무엇에 대한 이야기입니까? 알맞은 것을 고르십시오.

> 도서관입니다. 일주일에 세 권 빌릴 수 있습니다.

   ① 책   ② 옷   ③ 돈   ④ 가방

4. ( ) 에 들어갈 가장 알맞은 것을 고르십시오.

> 햇볕이 뜨겁습니다. 모자를 ( ) 합니다.

   ① 입어야   ② 벗어야   ③ 껴야   ④ 써야

聽力原文

1. 여자 : 누가 놀아요?
   남자 : _____ .

答案

1. ①   2. ②   3. ①   4. ④

2. 여자 : 과장님 좀 바꿔 주세요.
   남자 : _____ .

★★★ 세우다

制定

여행을 가기 전에 계획을 세워야 합니다.
去旅行前一定要制定計畫。

★★★ 신청하다
〔申請 -〕

申請

직접 가지 않고 집에서 인터넷으로 여권을 신청할 수 있습니다.
你不用親自跑一趟，就可以在家透過網路申請護照。

★★★ 걷다

走路 ㄷ不

신발이 작아서 걸을 때 힘듭니다.
鞋子很小，所以走路時很辛苦。

★★★ 떨다

發抖

우리 집 앞에서 떨고 있는 작고 마른 강아지를 보았습니다.
我在家門前看過正在發抖的瘦小狗狗。

★★★ 뵙다

見 (敬語)，與長輩見面 (謙讓語)

그럼, 토요일에 뵙겠습니다.
那麼，星期六見。

「뵙다見（敬語）」如下列例句，總是只跟子音字尾連接後做使用。
· 처음 뵙겠습니다.
　第一次見到您。
· 뵙게 되어서 반갑습니다.
　很高興見到您。
· 오랫동안 뵙지 못해 죄송합니다.
　這麼久沒見真抱歉。

★★★ 지내다

過　　　　　　　　　　　　　　近義詞 ⇒ P.263

여행하는 곳이 좋으면 오랫동안 지낼 때도 있습니다.
我會因喜歡旅行的地方，在那待上許久。

★★★
잊다

忘記

기타를 잘 치려면 매일 잊지 않고 연습하는 게 중요해요 .
如果想把吉他彈好，每天記得練習是很重要的。

★★★
청소하다
〔清掃 -〕

打掃

저녁에 손님이 오기 때문에 꽃도 사고 집도 청소했습니다 .
因為晚上有客人要來，我買了花也打掃了房子。

★★★
결혼하다
〔結婚 -〕

結婚

가까운 친척과 친구들만 초대해서 결혼했어요 .
我結婚的時候只邀請了親近的親戚跟朋友。

★★★
다녀오다

去去就來

조심해서 다녀오세요 .
出門小心。

★★★
돌아오다

回來

퇴근해서 집에 돌아오는 길에 옛날 친구를 만났습니다 .
下班回家的路上，見到了以前的朋友。

★★★
물어보다

問看看

길을 잘 모를 때에는 주변 사람들에게 물어보세요 .
認不得路的時候，可以問看看周遭的人們。

★★★
걱정하다

擔心

우리 팀 선수가 많이 다쳐서 걱정했습니다 .
我們隊的選手很多人受傷，所以我很擔心。

★★★
추다

跳舞

저는 한국 춤을 잘 춥니다 .
我很會跳韓國舞。

★★★ **출근하다** 〔出勤 -〕	上班
	저는 보통 자전거를 타고 출근합니다 . 我一般會騎腳踏車去上班。

★★★ **태어나다**	出生
	아기 고양이들이 태어난 지 스물네 시간 됐어요 . 小貓咪出生後已經過了二十四個小時。

★★★ **공부하다** 〔工夫 -〕	讀書
	대학원에서 한국 전통 음악을 공부하고 있습니다 . 我在研究所攻讀韓國傳統音樂。

★★★ **지키다**	遵守
	제가 약속 시간을 지키지 못해서 친구는 화가 났습니다 . 因為我沒能遵守約定的時間，朋友很生氣。

★★★ **설명하다** 〔說明 -〕	說明
	길에서 만난 외국인에게 경복궁에 가는 길을 설명해 줬습니다 . 我跟在路上遇到的外國人說明往景福宮的路。

★★★ **찍다** 02	拍攝
	드라마를 찍은 곳이 바로 이 섬이에요 . 拍攝電視劇的地方就是這座島。

★★★ **만지다**	摸
	박물관의 물건은 만지지 말고 눈으로만 보시기 바랍니다 . 希望各位不要摸博物館的東西，只用眼睛觀賞就好。

★★★ **지나가다**	經過
	지난 여름에는 태풍 3 개가 한국을 지나갔습니다 . 去年夏天有 3 個颱風從韓國經過。

많아지다
★★★

變多

봄이 되니까 잠이 많아졌습니다 .

到了春天，變得很愛睡覺。

들어오다
★★★

進來

시원한 바람이 방 안으로 들어왔습니다 .

舒服的風進到房間裡來。

뜯다
★★★

拆開

포장을 뜯고 선물 상자를 열어 봤습니다 .

我拆開包裝，打開了禮物盒。

내려오다
★★★

下來

동물들은 먹을 것을 찾으려고 산에서 내려옵니다 .

動物從山上下來找吃的東西。

자다
★★★

睡

공항 안에 여행으로 피곤한 사람들이 잘 수 있는 방이 있습니다 .

機場裡有在旅途中感到疲累的人們可以睡覺的房間。

떨어지다
★★★

分開

서로 멀리 떨어져서 만나지 못했고 이제는 연락이 안 됩니다 .

互相分開見不到面，現在已經聯絡不上了。

가져오다
★★★

帶來

우산을 안 가져와서 비를 맞고 집에 왔습니다 .

我沒帶雨傘，所以淋雨回家。

조심하다
★★★
〔操心 -〕

小心

여름철에는 특별히 음식을 조심해야 합니다 .

夏季要特別注意飲食。

연락하다
〔連絡 -/ 聯絡 -〕

聯絡

친구가 많이 다쳤는데 어디에 연락해야 하나요 ?
我朋友傷得很重，應該要跟哪裡聯絡呢 ？

찾아가다

去找

요리를 배우러 요리 학원을 찾아갑니다 .
我去烹飪學校學習料理。

퇴근하다
〔退勤 -〕

下班

퇴근하는 길에 슈퍼마켓에 가서 쇼핑을 할 겁니다 .
我下班的路上會去超市購物。

듣다

聽 ㄷ不

밤에 잠자기 전에 라디오를 들으면 잠이 잘 옵니다 .
晚上睡前聽廣播的話，會比較容易睡著。

포함하다
〔包含 -〕

包含

가격은 배달 비용을 포함해서 15,000 원입니다 .
價格包含宅配運費是 15,000 韓元。

1. 다음을 듣고 이어지는 말을 고르십시오 . 🎧 47

① 잘 지내셨어요 ?　　　　② 네 . 어서 오세요 .

③ 여기 좀 앉으세요 .　　　④ 네 . 안녕히 가세요 .

2. 다음을 듣고 대화 내용과 같은 것을 고르십시오 . 🎧 48

① 여자는 전화를 걸었습니다 .　　② 남자는 회사에 갑니다 .

③ 여자는 밖에 있습니다 .　　　　④ 남자는 청소하고 있습니다 .

※ [3~4] (　) 에 들어갈 가장 알맞은 것을 고르십시오 .

3.

> 음악을 좋아합니다 . 잠잘 때 노래를 (　) .

① 설명합니다　　② 잊습니다　　③ 읽습니다　　④ 듣습니다

4.

> 비가 내립니다 . 우산을 (　) .

① 내려왔습니다　　② 돌아왔습니다　　③ 가져왔습니다

④ 데려왔습니다

聽力原文

1. 남자 : 그럼 , 또 뵙겠습니다 .

　　여자 : ＿＿＿＿＿＿＿＿＿＿ .

2. 여자 : 여보세요 ? 지금 어디에요 ?

　　남자 : 집에 가고 있어요 . 뭐 해요 ?

　　여자 : 집에서 청소하고 있어요 .

答案

1. ④　　2. ①　　3. ④　　4. ③

★★★ 사용되다
〔使用 -〕

使用

이 건물은 처음에 교회로 사용되었습니다 .
這個建築一開始是當作教會使用。

★★★ 자르다

切開 르不

김밥을 먹기 좋게 잘라서 포장했습니다 .
我把紫菜包飯切成好吃的模樣後包起來。

★★★ 사귀다

交往

저는 친구를 많이 사귀고 싶습니다 .
我想交很多朋友。

★★★ 치다 02

彈

처음에는 피아노를 전혀 치지 못했습니다 .
我一開始完全不會彈鋼琴。

★★★ 쓰다 01

寫

한국 문화에 대한 특별한 책을 쓰고 싶어요 .
我想寫有關韓國文化的特別的書。

★★★ 기다리다

等

손님은 카페에서 차를 주문하고 기다립니다 .
客人在咖啡店裡點好茶後等待。

★★★ 가벼워지다

變輕

서울타워에 갔다 오면 마음도 가벼워지고 기분도 좋아집니다 .
去一趟首爾塔，心裡會變輕鬆，心情也會變好。

★★★ 키우다

培養

꽃을 키우는 방법은 책으로 배우기가 힘듭니다 .
栽培花的方法很難透過書來學習。

★★★ **정하다** 〔定 -〕	制定 여행을 떠나기 전에 미리 일정과 갈 곳을 정했습니다 . 出發去旅行前，事先制定了行程跟要去的地方。
★★★ **요리하다** 〔料理 -〕	煮飯 밖에서 사 먹는 것보다 집에서 요리하는 걸 좋아해요 . 比起從外面買回來吃，更喜歡在家裡煮飯。
★★★ **걸다**	掛 가게의 이름도 예쁘게 써서 걸었습니다 . 把商店的名稱寫得很漂亮，然後掛上去了。
★★★ **산책하다** 〔散策 -〕	散步 저 여기 산책하러 자주 오는데 참 좋지요 ? 我很常來這邊散步，很棒吧？
★★★ **놓다**	放　　　　　　　　　　　　　　近義詞 ⇒ P.260 어머니는 식탁 위에 야채를 놓았습니다 . 母親將蔬菜放在飯桌上。
★★★ **춤추다**	跳舞 저는 어릴 때부터 춤추는 것을 좋아했습니다 . 我從小就喜歡跳舞。
★★★ **주문하다** 〔注文 -〕	訂購 인터넷으로 주문하면 보통 3 일 후에는 도착합니다 . 一般在網路上訂購的話，3 天以後會到。
★★★ **더러워지다**	變髒 방 청소를 오래 못 해서 많이 더러워졌어요 . 太久沒打掃房間，所以變很髒。

자라다
長大

저와 아내는 시골에서 자랐습니다.
我跟妻子是在鄉下長大的。

웃다
笑

아이들은 영화를 보면서 크게 웃습니다.
孩子們一邊看電影，一邊放聲大笑。

바뀌다
換

이번 주 모임 날짜가 금요일로 바뀌었는데 시간 괜찮아요?
這周的聚會日期改到星期五了，時間可以嗎？

두다
放

近義詞 ⇒ P.260

아, 그럼 저는 기타를 소파 옆에 두어야겠어요.
啊，那我應該把吉他放在沙發旁邊才行。

전시하다
〔展示-〕
展示

가게 주인들은 시장에 재미있는 그림을 전시했습니다.
店主們在市場展示有趣的圖畫。

이야기하다
聊天

우리는 밤 늦게까지 이야기했습니다.
我們聊天聊到很晚。

쉬다
休息

내일은 한글날이라서 쉬어요.
明天是韓文日，所以休息。

긴장하다
〔緊張-〕
緊張

여러 사람들이 저를 보고 있어서 너무 긴장했습니다.
很多人在看著我，所以我很緊張。

★★★ **부탁하다** 〔付託 -〕	拜託 외국에 사는 친구들한테 부탁해서 받은 책들이에요 . 這是我拜託住在國外的朋友才拿到的書。
★★★ **타다**	騎 오랜만에 자전거를 타니까 잘 못 타겠어요 . 很久沒騎腳踏車，騎得不太好。
★★★ **신다**	穿 옛날 사람들은 비가 올 때 이 신발을 신었습니다 . 以前的人如果下雨就會穿這個鞋子。
★★★ **팔리다**	被賣 식빵은 다 팔려서 지금 다시 만들고 있습니다 . 吐司都賣完了，現在正在重新做。
★★★ **모르다**	不知道 　르不 지금은 몇 시에 갈 수 있을지 잘 모르겠어요 . 現在不知道幾點可以過去。
★★ **잃어버리다**	走失 저는 잃어버린 강아지의 주인을 찾았습니다 . 我找到走失小狗的主人了。
★★ **확인하다** 〔確認 -〕	確認 출발 시간을 먼저 확인해 보고 거기로 갈게요 . 我會先確認出發時間，再去那裡。
★★ **보내다**	度過　　　　　　　　　　　　近義詞 ⇒ P.263 기차 안에서 즐거운 시간을 보냈습니다 . 我在火車裡度過愉快的時光。

★★ **빨래하다**	洗衣服
	빨래할 때 레몬과 설탕을 함께 쓰면 안 됩니다 .
	洗衣服的時候不能同時使用檸檬跟糖。

★★ **소개되다** 〔紹介 -〕	介紹
	이 식당은 유명한 여행 잡지에 소개되었습니다 .
	這家餐廳是由有名的旅遊雜誌介紹的。

★★ **앉다**	坐
	집에 가면 주로 소파에 앉아서 텔레비전을 보거나 음악을 듣거든요 .
	我回家的話主要會坐在沙發上看電視或聽音樂。

1. 여기는 어디입니까 ? 알맞은 것을 고르십시오 .　🎧 49

　　① 공항　　　　② 기차역　　　　③ 백화점　　　　④ 공원

2. 다음을 듣고 대화 내용과 같은 것을 고르십시오 .　🎧 50

　　① 여자는 요리를 싫어합니다 .　　　② 여자는 주말에 출근합니다 .

　　③ 남자는 친구를 초대할 겁니다 .　　④ 남자는 여자를 초대했습니다 .

※ [3~4] (　) 에 들어갈 가장 알맞은 것을 고르십시오 .

3.
> 조금 피곤합니다 . 소파에 (　) 쉽니다 .

　　① 서서　　　　② 일어나서　　　　③ 앉아서　　　　④ 나가서

4.
> 인터넷으로 책을 (　) . 3 일 후에 도착합니다 .

　　①주문했습니다　　　②전시했습니다　　　③잃어버렸습니다
　　④확인했습니다

聽力原文

1. 남자 : 환영합니다 . 어서 오세요 . 오시느라 수
　고 많으셨어요 .
　여자 : 감사합니다 . 한국에 오니까 좋네요 .

2. 남자 : 수진 씨 ? 이번 주말에 뭐 하세요 ?
　여자 : 집에서 요리할 거예요 . 민철 씨는요 ?
　남자 : 집에 친구를 불러서 같이 놀아요 .

答案

1. ①　　　2. ③　　　3. ③　　　4. ①

★★ **내다**	發出
	설탕은 단맛을 낼 때 사용합니다 . 糖會在想要散發甜味時使用。

★★ **취소하다** 〔取消 -〕	取消
	금요일에 모임이 있어서 약속을 취소했습니다 . 我星期五有聚會，所以約定取消了。

★★ **빌려주다**	借
	공항에서 가방을 빌려주기도 합니다 . 機場也可以出借包包。

★★ **안내하다** 〔案內 -〕	引導
	기숙사 건물 위치를 안내해 주었습니다 . 指出了宿舍建築的位置。

★★ **닦다**	擦
	요리한 후에 그릇을 닦을 때 사용할 수도 있습니다 . 可以在料理後擦碗的時候使用。

★★ **먹다**	吃
	불고기는 만드는 방법이 간단해서 자주 만들어 먹습니다 . 製作烤肉的方法很簡單，所以我經常做來吃。

★★ **도와주다**	幫忙
	비가 와서 친구의 이사를 도와주지 못했습니다 . 因為下雨，所以沒能幫助朋友搬家。

★★ **낚시하다**	釣魚
	아버지는 아침 일찍부터 낚시하러 바다에 나가셨습니다 . 父親一大早就出發到海上釣魚。

★★ 가르치다

教

제가 가르쳐 줄 수 있는데 한번 배워 볼래요 ?
我可以教你，你要不要學學看 ？

★★ 열다

開

학교 앞에 새 카페가 문을 열었습니다 .
學校前面開了新的咖啡廳。

★★ 찢어지다

破掉

비도 많이 오고 바람도 세게 불어서 우산이 찢어졌어요 .
雨下很大，風也很強，所以雨傘破掉了。

★★ 넣다

放進

고추장을 넣지 않고 간장으로 만들기 때문입니다 .
這是因為沒放辣椒醬，而是放醬油來製作的緣故。

★★ 나가다

出去

이 극장은 공연을 본 후 나갈 때 돈을 냅니다 .
這個劇場是看完演出後出去才付錢。

★★ 기뻐하다

高興

친구가 축하 영상을 보고 기뻐하면 좋겠습니다 .
希望朋友看了祝賀的影片會感到高興。

★★ 사용하다
〔使用 -〕

使用

그런데 밀가루는 다양한 곳에 사용할 수 있습니다 .
不過麵粉可以用在很多地方。

★★ 계산하다
〔計算 -〕

計算

집을 짓는데 필요한 비용을 계산해 보는 중입니다 .
我正在計算蓋房子需要的費用。

★★ **할인되다** 〔割引 -〕	打折
	인터넷으로 예약을 하서서 오천 원 할인되었습니다 . 在網路上預購，所以折了五千韓元。

★★ **막히다**	堵住
	평일 아침이라 차도 많은데 길이 많이 막히겠네요 . 因為是平日早上，車子很多，路上堵得很厲害。

★★ **생각하다**	想
	그래서 많은 사람들이 저를 동생으로 생각합니다 . 所以很多人認為我是弟弟／妹妹。

★★ **찾다**	拜訪
	요즘 오래된 시장을 찾는 사람이 적어졌습니다 . 最近去年代久遠的市場的人變少了。

★★ **나빠지다**	變糟
	건강이 나빠져서 2 층에 걸어서 올라가는 것도 힘듭니다 . 因為健康惡化，連走上 2 樓都覺得吃力。

★★ **소개하다** 〔紹介 -〕	介紹
	이번에는 한국의 아름다운 장소를 소개하는 책을 써 보려고요 . 這次也打算寫一本介紹韓國美麗場所的書。

★★ **만나다**	見
	마음이 아프고 힘들 때 친구를 만납니다 . 我會在心情不好，覺得辛苦的時候，見見朋友。

★★ **피다**	開花
	장미꽃은 언제쯤 필까요 ? 玫瑰什麼時候開花？

★★ **의미하다** 〔意味 -〕	**意味** 졸업은 끝이 아니라 새로운 시작을 의미합니다 . 畢業不是結束，而是意味著全新的開始。
★★ **고르다**	**選** 르不 인터넷을 보고 아이에게 맞는 비누를 금방 골랐습니다 . 我瀏覽網路後，馬上就挑選了適合孩子的肥皂。
★★ **끄다**	**關** 소리가 안 나오면 텔레비전을 한번 꺼 보세요 . 如果聲音出不來，可以把電視關掉看看。
★★ **열리다**	**舉行** 국제만화축제가 지금 열리고 있습니다 . 國際漫畫節現正舉行。
★★ **가꾸다**	**種植** 어머니는 식구들이 먹을 채소를 직접 가꾸십니다 . 母親親自種植家人要吃的蔬菜。
★★ **일하다**	**工作** 저는 회사에서 같이 일하는 사람들이 좋습니다 . 我喜歡在公司一起工作的人們。
★★ **출발하다** 〔出發 -〕	**出發** 이 기차는 잠시 후 10 시에 출발합니다 . 這班火車待會 10 點出發。
★★ **잘하다**	**擅長** 近義詞 ⇒ P.262 저는 공부와 운동을 모두 잘합니다 . 我讀書跟運動都很擅長。

★★
예약하다
〔豫約 -〕

預約

전화로 내일 저녁 영화표를 예약했습니다 .
我打電話預約了明天晚上的電影票。

★★
내리다

下

올해는 눈이 일찍 내릴 것 같습니다 .
今年雪好像會提早下。

★★
벗다

脫

저는 사람을 만날 때는 안경을 벗습니다 .
我跟人見面的時候會脫掉眼鏡。

1. 다음을 듣고 대화 내용과 같은 것을 고르십시오 . 🎧 51

　① 남자는 내일 일하러 갑니다 .　　② 여자는 산에 가고 싶어합니다 .

　③ 남자는 저녁 7 시에 출발할 겁니다 .　　④ 여자는 낚시하러 갈 겁니다 .

2. 다음을 듣고 대화 내용과 같은 것을 고르십시오 . 🎧 52

　① 여자는 백화점에서 일합니다 .　　② 남자는 예약하지 않았습니다 .

　③ 여자의 방은 701 호입니다 .　　④ 남자는 호텔에서 잡니다 .

※ [3~4] (　) 에 들어갈 가장 알맞은 것을 고르십시오 .

3.

> 봄입니다 . 공원에 꽃이 (　) .

　① 나왔습니다　　② 피었습니다　　③ 왔습니다　　④ 열었습니다

4.

> 어머니의 생일입니다 . 백화점에서 목걸이를 (　) .

　① 잃어버렸습니다　　② 만났습니다　　③ 골랐습니다　　④ 벗었습니다

聽力原文

1.　남자 : 내일 뭐 하세요 ? 저는 낚시하러 가는데요 .
　　여자 : 아 , 정말요 ? 저도 바다에 가고 싶어요 .
　　남자 : 그럼 같이 가요 . 아침 7 시에 출발할 거예요 .
　　여자 : 네 , 그럼 내일 아침에 만나요 .

2.　여자 : 손님 , 이름이 어떻게 되세요 ?
　　남자 : 김민철이에요 . 인터넷에서 계산했어요 .
　　여자 : 네 . 확인됐습니다 . 방은 701 호입니다 .

答案

| 1. ④　　2. ④　　3. ②　　4. ③

★★ 끝내다

結束

지금 하는 일은 오늘까지 끝내야 하는 거지요 ?

現在做的工作今天以前要完成對吧 ？

★★ 놀라다

驚人

실수도 하지 않고 자연스럽게 잘하셔서 정말 놀랐어요 .

你沒失誤，還做得很自然，真驚人。

★★ 전화하다 〔電話 -〕

電話

외국인이 전화하면 무료로 예약을 도와 줍니다 .

如果外國人打電話來，會免費協助預約。

★★ 달라지다

改變

큰 얼음을 음료에 넣으면 맛이 금방 달라집니다 .

如果在飲料裡面放大冰塊，味道會很快就變得不一樣。

★★ 말하다

說

작게 말하려고 하지만 제 목소리는 다른 사람보다 큽니다 .

雖然想要說得小聲一點，但我的聲音比其他人還要大。

★★ 멈추다

停止

인터넷 수업은 화면을 멈추고 볼 수 있어서 좋아요 .

網路課程可以暫停畫面來看，所以很不錯。

★★ 어떡하다

怎麼辦

저는 금요일에 약속이 있는데 어떡하죠 ?

我星期五有約，怎麼辦？

★★ 가지다

擁有

지금 돈 얼마나 가지고 있어요 ?

你現在有多少錢？

★ ★ **싫어하다**	討厭 아이가 책 읽기를 싫어하는데 좋은 방법이 없을까요 ? 孩子討厭讀書，有什麼好方法嗎 ？
★ ★ **나오다**	出來 어린이들이 갑자기 도로로 나올 때도 있습니다 . 小孩子有的時候可能會突然跑到馬路上。
★ ★ **유행하다** 〔流行 -〕	流行 노래방에서 요즘 가장 유행하는 노래를 부를 겁니다 . 我會在 KTV 裡面唱最近最流行的歌。
★ ★ **배우다**	學習 언니는 춤을 배운 적이 없습니다 . 姐姐沒有學過跳舞。
★ ★ **변하다** 〔變 -〕	變 우유는 냉장고에 넣지 않으면 맛이 금방 변합니다 . 牛奶如果不放進冰箱，味道會馬上變質。
★ ★ **살다**	生活 저는 한국 사람이지만 미국에서 살고 있습니다 . 我雖然是韓國人，但在美國生活。
★ ★ **맡다**	寄放 공항에 가기 전까지 호텔에서 짐을 맡아 주기로 했습니다 . 我決定一直到去機場前，都將行李寄放在飯店。
★ ★ **샤워하다** 〔shower-〕	洗澡 여행하는 사람들을 위해 샤워하는 곳을 빌려 줍니다 . 有出借旅客洗澡的地方。

바르다 ★★

塗 르不

다친 고양이에게 밥을 주고 약도 발라 주었습니다 .
我給受傷的貓吃飯、擦藥。

쓰다 03 ★★

使用

설탕은 음식을 오래 먹고 싶을 때 쓰기도 합니다 .
如果食物想放得久，有的時候會使用砂糖。

갖다 ★★

擁有（為「가지다擁有」的簡稱）

새로운 취미를 갖고 싶어서 나무 가꾸는 걸 배우고 있어요 .
我想有新的興趣，所以在學習種植樹木。

만들다 ★★

製作

멋진 책상을 만들어서 친구에게 선물하려고 합니다 .
我做了很棒的書桌，想送給朋友當禮物。

얼리다 ★★

結冰

오래 얼린 얼음이 더 빨리 녹습니다 .
結冰很久的冰塊會更快融化。

돕다 ★★

幫助

무엇을 도와 드릴까요 ?
你需要幫忙嗎？

끓이다 ★★

煮

물을 끓여서 같이 커피 한 잔씩 마실까요 ?
煮個水，一起喝杯咖啡如何？

운동하다 ★★
〔運動 -〕

運動

저는 퇴근하고 저녁에 요가 학원에서 운동합니다 .
我下班後去上瑜珈課運動。

★★
느끼다

感覺

그 카페에 들어가면 옛날 분위기를 느낄 수 있습니다 .
進去那家咖啡廳會感覺到古早的氣氛。

★★
팔다

賣

가게에서 파는 비누를 쓰면 피부가 안 좋아집니다 .
使用商店賣的肥皂，皮膚會變差。

★★
참가하다
〔參加 -〕

參加

대회에 참가하려면 신청서를 써야 합니다 .
如果想要參加比賽，就必須寫申請書。

★★
선물하다
〔膳物 -〕

送禮

부모님 결혼기념일에 꽃을 선물하려고 합니다 .
我想要在父母的結婚紀念日上送花當禮物。

★★
따르다

沿著

공원에 있는 길을 따라서 걸으면 운동도 되겠는데요 .
沿著公園的路走也可以運動呢。

「* 르다」型態的動詞、形容詞雖然大部分都不規則，但請留意「따르다沿著」並不是르不規則動詞。

★★
나다

出來

그 영화를 볼 때 너무 슬퍼서 눈물이 났습니다 .
看那部電影的時候太傷心，導致我眼淚都流出來了。

「나다出來」或「내다使出來」等動詞的意義是指人、東西或空間裡，某個東西「나가다出來」的意思。

★★
서다

站

저는 우산이 없어서 그냥 건물 앞에 서 있었습니다 .
我沒有雨傘，所以只能站在建築前面。

다치다 ★★

受傷

다친 손으로 글씨를 쓸 수 없습니다 .
我沒辦法用受傷的手寫字。

잊어버리다 ★★

忘記

은행에서 돈을 찾아야 하는데 비밀번호를 잊어버렸습니다 .
我必須在銀行領錢，但是我忘記密碼了。

나누다 ★★

分

시간이 날 때마다 나눠서 하면 더 빨리 정리할 수 있을 것 같은데요 .
有時間的話就分著做，這樣應該可以更快整理好。

떠나다 ★★

離開

친구가 한국을 떠나 고향으로 갑니다 .
朋友離開韓國回故鄉。

1. 여기는 어디입니까 ? 알맞은 것을 고르십시오 .　🎧 53

　① 사진관　　② 백화점　　③ 기숙사　　④ 공원

2. 다음을 듣고 대화 내용과 같은 것을 고르십시오 .　🎧 54

　① 여자는 물을 끓입니다 .　　② 남자는 물을 끓입니다 .
　③ 여자가 라면을 넣었습니다 .　　④ 남자가 계란을 넣었습니다 .

※ [3~4] ( ) 에 들어갈 가장 알맞은 것을 고르십시오 .

3.

> 요즘 가장 인기가 많습니다 . ( ) 노래입니다 .

　① 유행하는　　② 판매하는　　③ 변하는　　④ 싫어하는

4.

> 교실에 왔습니다 . 여기서 요리를 ( ) .

　① 끓입니다　　② 배웁니다　　③ 팝니다　　④ 끝냅니다

聽力原文

1. 남자 : 저 여기 운동하러 자주 오는데 어때요 ?
　여자 : 네 . 나무도 많고 공기도 맑아서 좋네요 .

2. 여자 : 물 좀 끓여 주세요 .
　남자 : 끓었어요 . 라면을 넣을까요 ?
　여자 : 아니요 . 제가 할게요 . 계란도 넣을게요 .

答案

1. ④　　2. ②　　3. ①　　4. ②

심다
種

이 나무는 제가 태어났을 때 우리 아버지가 심으신 것입니다 .
這棵樹是我出生的時候，我父親種的。

위하다
〔爲 -〕
為了

건강을 위해서 사탕을 줄여야 합니다 .
為了健康，必須少吃點糖果。

사다
買

저는 어머니께 지갑을 사 드리려고 합니다 .
我想給母親買錢包。

적어지다
變少

이전보다 일이 적어져서 돈 버는 게 힙듭니다 .
工作變得比以前少，所以賺錢很困難。

끝나다
結束

오늘은 일이 빨리 끝나서 오랜만에 친구와 같이 공연을 보러 갔습니다 .
今天工作很快就結束，所以久違地跟朋友一起去看演出。

시작되다
〔始作 -〕
開始

축제는 올해 처음으로 시작됐습니다 .
慶典今年初次展開。

들어가다
進去

소포가 내일까지 들어갈 수 있으면 좋겠어요 .
希望包裹明天以前可以到。

아끼다
省下

近義詞 ⇒ P.262

그러면 시간을 아낄 수 있을 것 같아서요 .
這樣的話好像可以省下時間。

★ 나타나다	出現
	좋은 남자가 나타나면 바로 결혼할 거예요.
	如果有好的男人出現，我會馬上結婚。

★ 마르다	渴 [르不]
	목이 마른데 시원한 물 한 잔 주세요.
	我喉嚨好渴，請給我一杯清涼的水。

★ 재우다	哄睡
	아기 엄마는 아기를 재워 놓고 저녁을 준비합니다.
	孩子的媽媽把孩子哄睡後準備晚餐。

★ 데려오다	帶來
	밖이 너무 추워서 고양이를 집으로 데려왔습니다.
	外面太冷了，所以我把貓帶進家裡來。

★ 이용하다 〔利用 -〕	利用
	지하철을 이용하면 더 빨리 회사에 도착할 수 있습니다.
	如果利用地鐵，就可以更快抵達公司。

★ 켜다	打開
	컴퓨터를 켰는데 화면이 안 나오네요.
	我開了電腦，卻沒有畫面。

★ 이사하다 〔移徙 -〕	搬家
	고향을 떠나 서울로 이사합니다.
	我離開故鄉，搬到了首爾。

★ 늦어지다	變晚
	일이 많아서 평소보다 퇴근 시간이 좀 늦어졌습니다.
	因為工作很多，我比平常要晚一點下班。

보이다 [01]

看到

어린이는 키가 작아서 운전할 때 잘 보이지 않습니다 .
小孩子身高矮，所以開車的時候看不太到。

드리다

給

뭘 드릴까요 ？
需要什麼呢？

使用動詞「給」的下列兩種慣用語非常重要。
① 뭘 드릴까요？（需要什麼呢？）
　 主要在客人進入商店時，店員習慣性詢問客人的職業慣用語。跟「뭘 찾으세요？
（在找什麼呢？）」相同。
② 드림（敬上）
　 寫文章（信件、便條、電子郵件）給上級或寄禮物等時，為謙稱自己而寫在名字
後方的表達。固定當名詞使用。ex) 김한국 드림 金韓國敬上

보다

看

집에서 영화를 보면 누워서 볼 수 있어서 좋습니다 .
在家裡看電影時可以躺著看，所以很棒。

주다

給

방금 만든 빵 있으면 두 개 주세요 .
有剛剛才做的麵包的話，請給我兩個。

다니다

上、去、來回

저는 초등학교에 다닐 때 이사를 갔습니다 .
我上小學時搬家了。

준비하다
〔準備 -〕

準備

다음 주가 아버지 생신이라서 특별한 걸 준비하려고 합니다 .
下週是爸爸生日，我想要準備點特別的。

걸리다

在初級主要會當 ① 花費 ② 得病的意思使用。

그러면 시간이 오래 걸리지 않나요 ？ 這樣的話時間不會花很久？
감기에 걸려서 잠도 잘 못 잤어요 . 因為感冒了，覺也睡不好。

★ **알리다**	告知 그런데 앞으로는 오는 시간을 미리 알려 주면 좋겠어요 . 但是如果之後可以事先告知來的時間就好了。
★ **보이다** 02	給⋯看 요즘 옛날 영화를 다시 보여 주는 극장이 많습니다 . 最近有很多重新放映以前電影的電影院。
★ **생기다**	產生 이렇게 하면 쓰레기도 안 생기고 좋겠네요 . 這樣的話也不會產生垃圾，不錯呢。
★ **맡기다**	寄放 시험을 보기 전에 휴대전화는 선생님에게 맡겨 주세요 . 考試前請將手機交給老師。
★ **발음하다** 〔發音 -〕	發音 제 이름은 발음하기도 쉽고 듣기도 좋습니다 . 我的名字發音簡單，聽起來也好聽。
★ **배달하다** 〔配達 -〕	外送 자장면 한 그릇도 배달해 주시나요 ? 一碗炸醬麵也可以外送嗎？
★ **헤어지다**	分開 이제 헤어질 시간이네요 . 現在是要分開的時間了呢。
★ **기르다**	培養 만화책을 읽으면 책 읽는 습관을 기를 수 있습니다 . 看漫畫書可以培養看書的習慣。

이해하다 〔理解 -〕	理解
★	만화책으로는 어려운 내용을 이해하기 힘듭니다 . 很難用漫畫書去理解困難的內容。

오다	來
★	친구가 다리가 아파서 수업에 못 왔습니다 . 朋友腳痛，所以沒能來上課。

올라가다	上去
★	저는 힘들어서 산에 올라가는 것을 싫어합니다 . 因為會很累，所以我不想上山。

알아보다	了解；查詢。為了瞭解原本不知道的事物而查看或調查。
★	거기에 가서 알아보면 더 좋은 곳이 있을 수도 있어요 . 去那裡了解一下的話，或許有更好的地方也說不定。

1. 여기는 어디입니까 ? 알맞은 것을 고르십시오 .　　　　　🎧 55

　　① 백화점　　　　② 마트　　　　③ 중국집　　　　④ 카페

2. 다음을 듣고 대화 내용과 같은 것을 고르십시오 .　　　　　🎧 56

　　① 여자는 지하철로 가고 싶어합니다 .
　　② 여자는 서울역 근처에 삽니다 .
　　③ 남자는 지하철 4 호선을 탔습니다 .
　　④ 남자는 서울역 근처에서 일합니다 .

※ [3~4] （　）에 들어갈 가장 알맞은 것을 고르십시오 .

3.

> 아직 일이 안 끝났습니다 . 1 시간쯤 （　）.

　　① 걸립니다　　　　② 걷습니다　　　　③ 들어옵니다　　　　④ 들어갑니다

4.

> 아기가 잠잘 시간입니다 . 아기를 （　）.

　　① 기릅니다　　　　② 좋아합니다　　　　③ 맡깁니다　　　　④ 재웁니다

聽力原文

1. 여자 : 자장면 한 그릇도 배달해 주시나요 ?
　　남자 : 네 . 배달해 드립니다 .

2. 여자 : 서비스 센터가 어디예요 ?
　　남자 : 서울역 근처입니다 .
　　여자 : 지하철로 갈 수 있어요 ?
　　남자 : 네 . 지하철 4 호선을 이용하시면 됩니다 .

答案

1. ③　　2. ①　　3. ①　　4. ④

★ **울다**	哭
	처음으로 대회에서 상을 받고 기뻐서 울었습니다 .
	第一次在比賽中得獎，所以高興得哭了。

★ **들다**	進入
	선물 안에는 축하 편지가 함께 들어 있었습니다 .
	禮物裡面有附上祝賀的信件。

★ **구경하다**	逛
	밤 시장은 내일 구경하고 싶습니다 .
	我明天想去逛夜市。

★ **못하다**	不會做
	저는 요리를 잘 못해요 .
	我不會做料理。

★ **눕다**	躺 ㅂ不
	잠자기 전에 침대에 누워서 조용한 음악을 듣습니다 .
	我睡覺前會躺在床上聽安靜的音樂。

★ **모으다**	收集
	돈을 모아서 어디에 쓰려고 해요 ?
	你存錢是打算用在哪裡？

★ **바라다**	希望
	올해 바라는 소원을 달력에 썼습니다 .
	我把今年想實現的願望寫在月曆上。

★ **젖다**	濕
	우산을 썼지만 옷이 많이 젖었습니다 .
	雖然我用了雨傘，衣服還是大部分都濕掉了。

알다
知道
그림을 잘 아시는 것 같아서요 .
因為感覺你好像很了解畫。

줄이다
減少
여동생은 잠까지 줄이면서 열심히 공부했습니다 .
妹妹減少睡覺的時間，很努力地念書。

시작하다
〔始作 -〕
開始
매일 아침 여섯 시에 시작하니까 아침 일찍 오셔도 됩니다 .
每天早上六點開始，所以早點來也沒關係。

감다
閉上
눈이 피곤할 때는 눈을 감고 쉬는 것이 제일 좋습니다 .
眼睛疲勞時，最好閉上眼睛休息。

가다
去
내년에는 가족과 제주도에 가고 싶습니다 .
明年想跟家人一起去濟州島。

기억하다
〔記憶 -〕
記得
저는 다른 사람의 얼굴이나 이름을 잘 기억하지 못합니다 .
我記不太起來他人的臉或名字。

메모하다
〔memo-〕
在便條上記下
저는 메모하는 습관이 있어서 잘 잊어버리지 않습니다 .
我有在便條上記下事情的習慣，所以不太會忘記。

지나다
經過
이 약을 드시고 며칠 지나면 많이 좋아질 겁니다 .
你吃這個藥，過幾天就會很好多了。

★ 신나다

開心

공연은 정말 신나고 좋았습니다.
演出真的很開心、很棒。

★ 받다

收

제가 도서관에 있어서 전화를 못 받았어요.
我在圖書館，所以沒辦法接電話。

★ 좋아하다

喜歡

그림을 좋아해서 평소에 미술관에 자주 와요.
因為喜歡畫，所以平時很常來美術館。

★ 잘되다

太好了

A : 다음 주부터 백화점에서 일하기로 했어요.
　　我決定從下週開始在百貨公司上班。
B : 잘됐네요. 太好了。

★ 찾아보다

找找看

인터넷으로 좋은 공연을 찾아보려고 합니다.
我想在網路上找找看好的演出。

★ 깎다

削、剪

영화관도 불편한 자리는 값을 좀 깎아 줘야 되는 거 아니에요?
電影院比較不好的位子，價格是不是該便宜一點？

★ 데리다

帶，讓某人或動物與自己在一起。

그럼 내일 아이도 데리고 오세요.
那麼明天也請帶孩子過來。

動詞「데리다帶」的使用有些特殊。
① 總是只以「데리고 / 데려 / 데리러 / 데려다」的型態使用。
　・데리고 다니다 帶著 / 데려 오다 帶來 / 데리러 가다 帶去 / 데려다 키우다 帶大
　・「데려오다」跟「데려가다」是單字，不需要空格。
　　데려 오다 (×) 데려 가다 (×)

② 中文的「帶」在翻成韓文時需注意。
  · 帶「사람人 / 동물動物」用「데리다」 ex) 帶（陪）朋友去旅行→친구를 데리고 여행을 가다.
  · 帶「물건東西」用「가지다」 ex) 帶行李去旅行→여행 가방을 가지고 여행을 가다.

★ 사랑하다	愛
	사랑하는 가족과 친구들이 보고 싶습니다.
	我想念我愛的家人跟朋友。

★ 맞다	合、正好
	이 식당 음식은 제 입에 잘 맞습니다.
	這家餐廳的食物很合我的胃口。

★ 즐기다	享受
	요즘 도서관에는 즐길 수 있는 다양한 프로그램이 있습니다.
	最近圖書館有各式各樣可以開心參與的活動。

★ 하다	做
	자전거를 타면 운동도 할 수 있어서 좋습니다.
	騎腳踏車也可以運動，所以很不錯。

★ 어쩌다	怎麼
	길이 좀 복잡하기는 하겠지만 어쩔 수 없죠.
	雖然路上是有點亂，但也沒辦法。

★ 참다	忍耐
	마라톤 때문에 길이 좀 막혀도 참아야 합니다.
	因為馬拉松的關係，就算路上有點塞車也得忍耐。

★ 사고팔다	買賣
	자기가 안 쓰는 물건이나 직접 만든 물건을 사고팝니다.
	買賣自己不用的物品或親自製作的物品。

★
없어지다 消失

얼음을 너무 많이 넣으면 음료의 맛이 없어집니다 .
冰塊放太多的話，飲料的味道會不見。

★
되다 成為

이렇게 하는 것이 건강에 도움이 더 많이 됩니다 .
這樣做對健康更有幫助。

1. 여기는 어디입니까 ? 알맞은 것을 고르십시오 .　　　　　🎧 57

　　① 지하철역　　　　② 스키장　　　　③ 공원　　　　④ 체육관

2. 다음을 듣고 대화 내용과 같은 것을 고르십시오 .　　　　　🎧 58

　　① 남자는 사과 한 개를 샀습니다 .

　　② 여자는 과일을 삽니다 .

　　③ 남자는 사과를 안 샀습니다 .

　　④ 여자는 남자에게 값을 깎아 주었습니다 .

※ [3~4] (　) 에 들어갈 가장 알맞은 것을 고르십시오 .

3.

> 돈을 많이 (　　) . 부자가 되었습니다 .

　① 모았습니다　　　② 썼습니다　　　③ 버렸습니다　　　④ 줬습니다

4.

> 갑자기 비가 내립니다 . 옷이 (　　) .

　① 없어졌습니다　　　② 떠났습니다　　　③ 젖었습니다　　　④ 빨았습니다

> (聽力原文)

1. 남자 : 날씨도 좋고 눈도 많이 내렸어요 .

　　여자 : 맞아요 . 하지만 위험하니까 천천히 타세요 .

2. 남자 : 사과 한 개에 얼마예요 ?

　　여자 : 한 개 천 원이에요 .

　　남자 : 다섯 개 살게요 . 좀 깎아 주세요 .

　　여자 : 네 . 사천 원 주세요 .

(答案)

■ 1. ②　　　2. ④　　　3. ①　　　4. ③

形容詞

★★★ **한가하다** 〔閑暇 -〕	清閒的
	점심 시간이 지나서 식당이 아주 한가합니다 . 午餐時間過了，所以餐廳很清閒。

★★★ **길다**	長的
	머리가 길어서 자르고 싶습니다 . 我頭髮很長，所以想剪掉。

★★★ **덥다**	熱的 ㅂ不
	올해 여름은 서울이 제일 덥습니다 . 今年夏天首爾最熱。

★★★ **친절하다** 〔親切 -〕	親切的
	가게의 직원은 모든 손님에게 친절하게 인사합니다 . 商店的職員對全部的客人都親切地問候。

★★★ **건강하다** 〔健康 -〕	健康的
	우리 할머니는 운동을 열심히 하셔서 매우 건강하십니다 . 我的奶奶很認真運動，所以非常健康。

★★★ **흐리다**	陰的
	오늘 부산의 날씨는 하루종일 흐립니다 . 今天釜山的天氣一整天都是陰的。

★★★ **외롭다**	孤獨的 ㅂ不
	처음에는 주변에 아무도 없어서 많이 외로웠습니다 . 一開始身邊沒有任何人，所以非常孤獨。

★★★ **반갑다**	高興的 ㅂ不 만나서 반갑습니다 . 很高興見到你。
★★★ **감사하다** 〔感謝 -〕	感謝的 바쁘신데 도와주셔서 감사합니다 . 你這麼忙還幫我，真的很感謝。
★★★ **넓다**	寬廣的 더 넓은 집으로 이사를 했습니다 . 我搬到更寬廣的房子了。
★★★ **맵다**	辣的 ㅂ不 매운 것을 못 먹는 아이들이나 외국인도 먹을 수 있습니다 . 沒辦法吃辣的孩子或外國人也可以吃。
★★★ **복잡하다** 〔複雜 -〕	複雜的 지하철 안은 출근하는 사람들로 복잡합니다 . 地鐵裡因上班的人多而混亂。
★★★ **비슷하다**	類似的 케이크의 모양과 색깔은 다르지만 맛은 비슷합니다 . 雖然蛋糕的模樣跟色彩不同，但味道很相似。
★★★ **얇다**	薄的 이 책은 작고 얇아서 들고 다니며 읽기가 좋습니다 . 這本書小又薄，很適合拿著讀。
★★★ **맑다**	晴朗的 하늘에 구름도 하나 없는 맑은 날씨입니다 . 天空一朵雲都沒有，是很晴朗的天氣。

★★★ **아프다**	痛的
	오늘은 다리가 아파서 택시를 타고 출근했습니다 . 今天腳痛，所以我搭計程車上班。

★★★ **시원하다**	涼爽
	더울 때 마시면 시원하고 좋습니다 . 熱的時候喝很涼爽，很不錯。

★★★ **짧다**	短的
	식사 후에 짧은 시간 동안 하고 싶은 것을 할 수 있습니다 . 飯後有一點時間可以做想做的事情。

★★★ **신선하다** 〔新鮮 -〕	新鮮的
	엄마가 집에서 키운 신선한 채소들로 저녁을 만들어 주셨습니다 . 媽媽用家裡栽培的新鮮蔬菜拿來煮晚餐。

★★★ **간단하다** 〔簡單 -〕	簡單的
	점심은 간단하게 라면을 먹기로 했습니다 . 我決定午餐簡單地吃個泡麵。

★★★ **무겁다**	重的　ㅂ不
	무거운 짐을 들고 계단을 올라가는 할머니를 도와 드렸습니다 . 我幫了拿很重的行李上樓梯的奶奶。

★★★ **비싸다**	貴的
	학생 식당의 음식 값은 싼데 학교 밖의 식당은 비쌉니다 . 學生餐廳的食物價格便宜，而學校外的餐廳很貴。

★★★ **미안하다** 〔未安 -〕	對不起的
	늦어서 미안해요 . 我遲到了，對不起。

튼튼하다
★★★

堅固的

이 가방은 튼튼하지만 무겁습니다 .
這個包包很堅固，但是很重。

위험하다
〔危險 -〕
★★★

危險的

자전거 도로가 생기면 자전거를 탈 때 위험하지 않겠네요 .
如果有自行車道，騎腳踏車的時候就不危險了。

춥다
★★★

冷的 ㅂ不

동물들은 추운 겨울에 먹을 것을 찾기가 힘듭니다 .
動物在寒冷的冬天找吃的東西很辛苦。

깨끗하다
★★★

乾淨的

한 번밖에 안 읽은 책이라서 깨끗합니다 .
這本書只讀過一次，所以很乾淨。

하얗다
★★★

白色的 ㅎ不

소금하고 설탕은 둘 다 색이 하얘서 잘 모르겠어요 .
鹽跟糖兩個都是白色的，所以有點搞不清楚。

나쁘다
★★★

不好、壞的

눈이 나빠서 안경을 써도 글씨가 잘 보이지 않습니다 .
我的眼睛不好，所以就算戴眼鏡還是看不太到字。

고맙다
★★★

謝謝的 ㅂ不

미술관에 데리고 와 줘서 고마워요 .
謝謝你帶我來美術館。

차갑다
★★★

冰冷的 ㅂ不

식혜는 차갑게 마시면 더 맛있습니다 .
食醯冰冰地喝更好喝。

★★★ **편안하다** 〔便安 -〕	安穩的	近義詞 ⇒ P.267

새 의자가 편안해서 공부할 때마다 잠이 옵니다 .
新椅子很安穩，所以每當讀書時都會想睡覺。

★★★
똑같다 | 一樣的

저와 똑같은 이름을 가진 사람들이 많습니다 .
跟我有一樣名字的人很多。

★★★
가깝다 | 近的 ㅂ不

가까운 거리는 걸어서 가려고 노력합니다 .
比較近的距離我會試著努力用走的。

★★★
자세하다
〔仔細 / 子細 -〕 | 仔細的

김치를 만드는 방법은 인터넷에도 자세한 설명이 나옵니다 .
網路上有詳細的做辛奇的方法說明。

1. 다음은 무엇에 대해 말하고 있습니까? 알맞은 것을 고르십시오. 🎧 59

    ① 집   ② 학교   ③ 여행   ④ 청소

2. 다음을 듣고 대화 내용과 같은 것을 고르십시오. 🎧 60

    ① 여자는 집에 돌아가려고 합니다.

    ② 남자는 친절합니다.

    ③ 여자는 길을 잘 압니다.

    ④ 남자는 길을 잃어버렸습니다.

※ [3~4] ( ) 에 들어갈 가장 알맞은 것을 고르십시오.

3.

> 저는 아픈 적이 없습니다. 몸이 ( ).

    ① 신선합니다   ② 한가합니다   ③ 간단합니다   ④ 튼튼합니다

4.

> 날씨가 ( ). 겨울옷을 입었습니다.

    ① 덥습니다   ② 시원합니다   ③ 따뜻합니다   ④ 춥습니다

聽力原文

1. 남자 : 이사 간 곳이 어때요?
    여자 : 깨끗하고 방도 넓어요.

2. 여자 : 저, 한강공원에 가려고 하는데요.
    남자 : 아. 그러세요? 저기 빌딩 뒤에 있어요.
    여자 : 제가 길을 잘 못 찾아요.
    남자 : 그럼 제가 데려다 드릴게요.

答案

| 1. ① | 2. ② | 3. ④ | 4. ④ |

안전하다
〔安全 -〕
★★★

安全的

우리 가족은 아무 사고도 없이 집에 안전하게 도착했습니다 .
我的家人沒出什麼事故，安全到家了。

오래되다
★★★

久的

할아버지 집에는 오래된 물건들이 많이 있습니다 .
爺爺家裡有很多久遠的物品。

부끄럽다
★★★

害羞的　ㅂ不

어머니는 나이가 많아서 학원에 다니는 것을 부끄러워하셨습니다 .
母親因為年紀大了，對於上補習班這件事感到害羞。

편리하다
〔便利 -〕
★★★

便利的

近義詞 ⇒ P.267

지하철에는 외국인을 위한 편리한 서비스가 많이 있습니다 .
地鐵有很多為外國人而設的便利服務。

피곤하다
〔疲困 -〕
★★★

累的

요즘 조금만 일해도 빨리 피곤해집니다 .
最近只是做一點事也很快就覺得累了。

따뜻하다
★★★

溫暖的

날씨가 따뜻해서 가족들과 산책을 다녀왔습니다 .
天氣很溫暖，所以我跟家人一起去散了步。

고프다
★★★

餓的

길에서 만난 고양이는 배가 많이 고파 보였습니다 .
路上遇到的貓看起來肚子很餓。

맛있다
★★★

好吃的

맛있게 잘 먹었습니다 .
我吃完了，很好吃。

★★★
적다

少的

일한 시간보다 버는 돈이 적어서 일을 그만뒀습니다 .
比起工作的時間，賺到的錢太少，所以我就辭職了。

★★★
멋있다

帥的

우리 선생님은 학교에서 제일 멋있는 선생님이라 인기가 많아요 .
我的老師是學校最帥的老師，所以很受歡迎。

★★★
멀다

遠的

고향이 너무 멀어서 자주 찾아가지 못했습니다 .
故鄉太遠了，所以沒辦法經常過去。

★★★
새롭다

新的 ㅂ不

새로운 걸 배워 보는 것도 좋겠네요 .
學學看新的東西也不錯。

★★★
재미없다

無趣的

일이 재미없으면 그 일을 오래 하기 힘듭니다 .
如果工作很無趣的話，很難做得久。

★★★
바쁘다

忙的

바쁘시면 다른 분께 부탁해 볼게요 .
如果你忙的話，我拜託看看別人。

★★★
젊다

年輕的

젊은 사람들이 이 카페를 많이 찾고 있습니다 .
很多年輕人會來這間咖啡廳。

★★★
괜찮다

沒關係的

저는 혼자라서 서서 가도 괜찮은데 더 빨리 갈 수 없을까요 ?
我是一個人，所以站著過去也沒關係，可以再快一點嗎？

★★★ 익숙하다
熟悉的

운전을 할 수는 있지만 아직 익숙하지 않아요 .
我雖然會開車，但是還不熟悉。

★★ 유명하다 〔有名 -〕
有名的

제 친구는 영화배우지만 아주 유명하지는 않습니다 .
我的朋友雖然是電影演員，但並不有名。

★★ 그립다
想念的　ㅂ不

예쁜 꽃이 피는 봄과 단풍을 볼 수 있는 가을이 그립습니다 .
我想念有美麗花朵盛開的春天，以及可以看到楓葉的秋天。

★★ 예쁘다
漂亮的

형은 오늘 저에게 예쁜 바다 그림을 주었습니다 .
哥哥今天給了我美麗大海的畫。

★★ 조용하다
安靜的

거기서는 옆 사람과 조용하게 이야기해야 합니다 .
在那邊跟旁邊的人聊天要小聲一點才行。

★★ 늦다
晚的

지하철을 잘못 타서 약속 시간에 늦었습니다 .
我搭錯地鐵，所以比約定的時間晚到。

★★ 급하다 〔急 -〕
急的

급한 일을 먼저 끝내야 쉴 수 있습니다 .
要先做完比較急的工作才能休息。

★★ 편하다 〔便 -〕
舒服的　近義詞 ⇒ P.267

이 카페는 편하게 오래 앉아 있을 수 있어서 좋아요 .
這個咖啡廳可以舒服地坐很久，所以很不錯。

★★
친하다
〔親 -〕

親近的

그 선배와 어릴 때부터 알고 지내서 무척 친해요 .
我跟那個前輩從小就認識，所以非常熟。

★★
어떻다

怎樣的 ㅎ不

이 서류들은 어떻게 할까요 ?
這些文件要怎麼辦？

★★
죄송하다
〔罪悚 -〕

抱歉的

죄송하지만 들어올 때 커피 한 잔 사다 주실래요 ?
不好意思，你來的時候可以幫我買一杯咖啡嗎？

★★
약하다
〔弱 -〕

弱的

저는 몸이 약해서 평소 운동을 많이 합니다 .
我的身體比較虛弱，所以平常做很多運動。

★★
어리다

幼小的

동생은 저보다 한 살이 어립니다 .
弟弟／妹妹比我小一歲。

★★
싫다

討厭的、不喜歡的

우리 가족은 텔레비전을 같이 보는 것을 싫어합니다 .
我的家人不喜歡一起看電視。

★★
궁금하다

好奇的

가기 전에 궁금한 거 있으면 물어보세요 .
離開前如果有好奇的地方可以問問看。

★★
불편하다
〔不便 -〕

不方便的

近義詞 ⇒ P.268

오늘 구두를 받아서 신어 봤는데 너무 불편합니다 .
我今天拿到皮鞋後試穿，覺得非常不合腳。

★★ **슬프다**	傷心的
	친구와 헤어지고 슬퍼서 계속 울었습니다 . 我跟朋友分開，因為太傷心一直哭。

★★ **밝다**	明亮的
	밝은 옷을 입으면 따뜻한 느낌을 줍니다 . 如果穿明亮的衣服，會給人溫暖的感覺。

★★ **자유롭다** 〔自由 -〕	自由的　ㅂ不
	수업 시간에는 자유롭게 자신의 생각을 말할 수 있습니다 . 課堂時間可以自由地表達自己的想法。

1. 여기는 어디입니까 ? 알맞은 것을 고르십시오 .　　🎧 61

　　① 교실　　　　② 정원　　　　③ 수영장　　　　④ 운동장

2. 다음을 듣고 대화 내용과 같은 것을 고르십시오 .　　🎧 62

　　① 여자는 운전을 못합니다 .
　　② 여자는 운전하는 게 편합니다 .
　　③ 남자는 매일 운전을 합니다 .
　　④ 남자는 차가 있습니다 .

※ [3~4] (　) 에 들어갈 가장 알맞은 것을 고르십시오 .

3.

> 도서관에서 공부합니다 . 사람들이 없어서 (　　) .

　　① 불편합니다　　　② 멋있습니다　　　③ 조용합니다　　　④ 유명합니다

4.

> 형이 저보다 두 살 많습니다 . 제가 (　　) .

　　① 어립니다　　　② 어렵습니다　　　③ 새롭습니다　　　④ 오래됐습니다

聽力原文

1.　여자 : 여기서 뭐해요 ?
　　남자 : 내일 경기가 있어서 달리기 연습해요 .

2.　남자 : 운전을 잘하네요 ?
　　여자 : 매일 하니까 익숙해요 . 운전할 줄 아시죠 ?
　　남자 : 네 . 그런데 차가 없어서 .

答案

▮ 1. ④　　2. ②　　3. ③　　4. ①

★★ **특별하다** 〔特別 -〕	特別的
	휴가인데 특별한 계획 없어요 ? 假日沒有什麼特別的計畫嗎 ？

★★ **중요하다** 〔重要 -〕	重要的
	옷에서 가장 중요한 것은 디자인입니다 . 對衣服來說最重要的事情就是設計。

★★ **불쌍하다**	可憐的
	저는 그 강아지가 너무 불쌍해 보였습니다 . 我覺得那個小狗看起來好可憐。

★★ **쉽다**	簡單的、容易的　ㅂ不
	프라이팬에 남은 기름을 쉽게 닦는 방법이 있습니다 . 有可以輕鬆擦去平底鍋剩下的油的方法。

★★ **싸다**	便宜的
	고향의 딸기는 더 맛있고 값도 쌉니다 . 故鄉的草莓比較好吃，價格也便宜。

★★ **행복하다** 〔幸福 -〕	幸福的
	많이 바빠도 일할 때가 제일 행복합니다 . 雖然很忙，但我在工作的時候最幸福。

★★ **높다**	高的
	높은 곳에 올라가면 아름다운 경치가 잘 보입니다 . 上去高的地方，就可以將美麗的風景盡收眼底。

★★ **다르다**	不同的　르不
	잠을 자는 시간은 동물마다 다릅니다 . 每個動物睡覺的時間都不一樣。

★ **밤늦다**	深夜的 밤늦게 연락 드려서 죄송합니다 . 深夜聯絡你真抱歉。
★ **아름답다**	美麗的 ㅂ不 여기가 이 산에서 가장 아름다운 곳 중 하나입니다 . 這裡是這座山裡其中一個最美麗的地方。
★ **필요하다** 〔必要 -〕	必要的、需要的 회의 자료가 필요해서 회사 동료에게 연락했습니다 . 我需要會議資料，所以聯絡了公司同事。
★ **안녕하다** 〔安寧 -〕	安好的 승객 여러분 , 안녕하십니까 ? 各位旅客，您們好。
★ **작다**	小的 저희 둘 다 작은 일에도 잘 웃습니다 . 我們兩個就算是很小的事情也很容易笑。
★ **달다**	甜的 그런데 저는 단 음식을 별로 좋아하지 않아요 . 但是我不太喜歡甜食。
★ **어렵다**	困難的 ㅂ不 오늘은 좀 어려울 것 같습니다 . 今天可能有點困難。
★ **다양하다** 〔多樣 -〕	各式各樣的 이 축제에서는 여러 나라의 다양한 상품을 볼 수 있습니다 . 在這個慶典中可以看到許多國家各式各樣的商品。

★ **크다**	大的
	텔레비전에 제 동생의 모습이 크게 나왔습니다 . 我弟弟／妹妹的模樣大大地出現在電視裡。

★ **맛없다**	不好吃的
	집에 가지고 가서 먹으면 맛없지 않아요 ? 帶回家吃不會不好吃嗎？

★ **재미있다**	有趣的
	좋은 영화는 여러 번 봐도 재미있습니다 . 好電影看幾次都好看。

★ **아니다**	不是的
	이거 주스 병 아니에요 ? 這個不是果汁瓶嗎？

★ **부드럽다**	柔軟的 ㅂ不
	소화가 잘 안 되면 부드러운 음식을 먹어 보세요 . 消化不良的話，可以吃吃看柔軟的食物。

★ **기쁘다**	高興的
	헤어졌던 친구를 다시 만나게 되어 기뻤습니다 . 跟分開的朋友重新見到面，所以很高興。

★ **자연스럽다** 〔自然 -〕	自然的 ㅂ不
	그 배우는 연기를 자연스럽게 잘합니다 . 那個演員演得很自然。

★ **그렇다**	那樣的 ㅎ不
	네 . 저도 그런 적이 있어서 인터넷으로 신발을 잘 안 사요 . 是的。我也有那樣的經驗，所以不太用網路買鞋子。

즐겁다

開心的　ㅂ不

즐거운 여행이 되기를 바랍니다 .
祝你旅途愉快。

힘들다

辛苦的

일이 힘들어서 휴일에는 잠만 잘 때도 있습니다 .
工作很累，所以也曾經在假日只睡覺。

가볍다

輕的　ㅂ不

가방이 가벼우니까 편하게 여행할 수 있을 것 같아요 .
包包很輕，所以可以輕便地旅行。

좋다

好的

출근할 때 기분이 좋으면 하루가 즐겁습니다 .
上班時心情好的話，一整天都會很愉快。

많다

多的

경기장에는 사람들이 정말 많았습니다 .
體育場人真的很多。

이렇다

這樣的　ㅎ不

전 이런 생각도 못 했어요 .
我沒這樣想過。

같다

一樣的

빌딩 2 층에는 병원이 있는데 같은 층에 약국도 있습니다 .
建築 2 樓有醫院，同一層樓也有藥局。

없다

沒有的

가족들이 다 나가고 집 안에 아무도 없었습니다 .
家人都出去了，家裡沒有人在。

★ 빠르다	快的　르不
	기차보다 비행기를 타고 가는 게 훨씬 빠릅니다 . 比起火車，搭飛機過去快多了。
★ 있다	有的
	우리 동네에는 오래된 국수 가게가 하나 있습니다 . 我們社區有一家開很久的麵店。

1. 여기는 어디입니까 ? 알맞은 것을 고르십시오 . 🎧 63

　　① 사진관　　　　② 대사관　　　　③ 행사장　　　　④ 회의실

2. 다음을 듣고 대화 내용과 같은 것을 고르십시오 . 🎧 64

　　① 여자는 강아지를 싫어합니다 .

　　② 남자는 강아지를 키울 겁니다 .

　　③ 여자는 다리가 아픕니다 .

　　④ 남자는 강아지에게 음식을 줄 겁니다 .

※ [3~4] ( ) 에 들어갈 가장 알맞은 것을 고르십시오 .

3.

> 비행기를 탑니다 . 기차보다 ( ) .

　　① 쌉니다　　　　② 궁금합니다　　　　③ 빠릅니다　　　　④ 친합니다

4.

> 서울타워에 갑니다 . 밤경치가 ( ) .

　　① 어렵습니다　　　　② 아릅답습니다　　　　③ 가볍습니다　　　　④ 무겁습니다

聽力原文

1. 여자 : 예쁘게 찍어 주세요 .

　　남자 : 네 . 그럼 찍습니다 . 모두 웃으세요 .

2. 여자 : 여보 , 이 강아지가 너무 불쌍해요 .

　　남자 : 음식을 좀 사 올게요 .

　　여자 : 그런데 , 다리가 아픈 것 같아요 .

答案

▌ 1. ①　　　 2. ④　　　 3. ③　　　 4. ②

副詞

★★★ **전혀** 〔全혀〕	全然、根本、完全。（主要會跟負面的表達一起使用） 近義詞 ⇒ P.273
	우리 아이는 공부에 전혀 관심이 없는 것 같아요 . 我的孩子對讀書好像完全沒有興趣。

★★★ **안녕히** 〔安寧히〕	好好地

안녕히 계세요 .
再見。

※「안녕히好好地」可以跟「안전하게安全地、건강하게健康地、무사히平安地、잘好地」替換。
一起來認識下列韓語中最常使用的招呼語。

獨自離開（分開）時	互相離開（分開）時	對去上班（出差、旅行）的人說
안녕히 계세요 . 안녕히 계십시오 . 再見。	안녕히 가세요 . 안녕히 들어가세요 . 안녕히 가십시오 . 再見。	안녕히 다녀오세요 . 路上小心。

睡覺前	早上起床時	許久未見時
안녕히 주무세요 . 안녕히 주무십시오 . 晚安。	안녕히 주무셨어요 ? 안녕히 주무셨습니까 ? 早安。(睡得好嗎？)	안녕히 지내셨어요 ? 過得如何？

★★★ **아마**	大概、也許（主要會跟推測的表達一起使用）
	그 이야기는 아마 믿을 수 있는 이야기일 거예요 . 那個故事或許可信。

★★★ **아까**	剛才 近義詞 ⇒ P.271
	필요한 것들을 아까 메모해 놓았어요 . 我剛才把需要的東西記下來了。

★★★ **잠깐**	等一下 ※ 詞源是「暫間」。	
	여기 잠깐 앉아서 기다려 주시겠어요 ? 可以請你坐在這稍等一下嗎？	

★★★ **제일** 〔第一〕	最	
	저는 사과 주스를 제일 좋아합니다 . 我最喜歡蘋果汁。	

★★★ **어서**	趕快、請、快（用於喜悅地迎接或者誠懇地勸說）	
	어서 오세요 . 歡迎光臨。	

★★★ **왜냐하면**	因為	
	왜냐하면 지하철은 편리하기 때문입니다 . 因為地鐵很方便。	

★★★ **참**	非常	
	꽃이 참 예쁘네요 . 이 꽃으로 주세요 . 花真美。請給我這種花。	

近義詞 ⇒ P.271

★★★ **금방** 〔今方〕	馬上	
	친구가 도와줘서 이사가 금방 끝났습니다 . 因為有朋友幫我，搬家很快就用完了。	
	「금방馬上」是**很短的時間**的意思，會用在①過去（不久之前）、②現在（現在馬上）、③未來 (之後馬上)，以及④經過短時間。請注意它在 TOPIK Ⅰ 裡只會以④的意思使用。	

★★★ **꼭**	一定	
	다음에는 모임에 꼭 갈게요 . 我下次聚會一定會去。	

★★★ **자꾸**	**總是**
	그건 아는데 연습하는 걸 자꾸 잊어버려요 . 我知道，但我總是會忘記練習。

★★★ **서로**	**互相**
	급할 때는 서로 도와주면서 일을 합니다 . 比較急的時候，工作上會互相幫忙。

★★★ **얼마나**	**多少**
	이 회사에서 얼마나 일했어요 ? 你在這個公司做多久了？

★★★ **쭉**	**一直**
	은행은 이쪽으로 쭉 가면 있어요 . 銀行往這邊一直走就有了。

★★★ **계속** 〔繼續〕	**繼續、一直**
	친구가 올 때까지 약속 장소에서 계속 기다렸습니다 . 我在朋友來之前一直在約定的場所等待。

★★★ **아주**	**非常**
	그 시험은 아주 어렵습니다 . 那個考試非常難。

★★★ **곧**	**很快**
	이제 곧 수업 시작하는데 ... 課很快就要開始了……

★★★ **드디어**	**終於**
	힘든 4 년이 끝나고 드디어 대학을 졸업합니다 . 結束辛苦的四年，終於從大學畢業。

★★★ **가끔**	有時	近義詞 ⇒ P.273
	저는 시내를 구경하려고 가끔 버스를 탑니다 . 我有時會搭公車去市中心逛逛。	

★★★ **거의**	幾乎	近義詞 ⇒ P.273
	이 시장은 요즘에 사람이 거의 오지 않습니다 . 這個市場最近幾乎都沒人來。	

★★★
또한

而且

또한 외국어로 관광 안내도 받을 수 있습니다 .
而且也有外語的觀光導覽。

★★★
내일
〔來日〕

明天

도장을 안 가져와서 내일 다시 와야겠네요 .
我沒帶印章來，明天得再來一趟了。

★★★
언제

什麼時候

이거 언제 찍은 거예요 ?
這個是什麼時候照的？

★★★
먼저

先

지금 하고 있는 일을 먼저 하고 이따가 준비해도 돼요 .
你可以先做正在做的工作，待會再準備。

★★★
편히
〔便히〕

舒服地

늙어서 편히 살려면 지금 열심히 돈을 모아야 합니다 .
如果老了之後想要舒服地活著，現在就必須努力存錢才行。

★★★
푹

深地

푹 자고 일어나니까 머리가 맑아졌어요 .
我深深地睡了一覺起來，頭腦變得比較清晰了。

★★★ **항상** 〔恒常〕	總是	近義詞 ⇒ P.273

전에는 문을 열 때 항상 열쇠를 사용했습니다 .
之前開門的時候總是用鑰匙。

★★★ **갑자기**	突然

회사에 갑자기 급한 일이 생겨서 주말에도 출근했어요 .
公司突然有急事，所以週末也上班了。

★★★ **조용히**	安靜地

옛날 사람들은 식사할 때 말을 하지 않고 조용히 밥을 먹었습니다 .
以前的人吃飯時不會講話，而是安靜地吃飯。

★★★ **특별히** 〔特別히〕	特別地

특별히 이번 어머니 생신 때는 제가 음식을 준비했습니다 .
在這次母親生日時，我特別準備了料理。

★★★ **언제나**	任何時候	近義詞 ⇒ P.273

그 손님은 언제나 같은 자리에 앉아서 식사를 합니다 .
那位客人任何時候都坐在同樣的位子用餐。

★★★ **오늘**	今天

오늘 한국에 계시는 아버지에게서 소포가 왔습니다 .
今天在韓國的父親寄來了包裹。

★★★ **별로** 〔別로〕	不怎麼	近義詞 ⇒ P.273

춤이랑 노래 말고는 관심 있는 게 별로 없어요 .
我除了舞蹈跟歌曲，其他都不怎麼感興趣。

★★★ **잠시** 〔暫時〕	暫時

잠시 안내 말씀 드립니다 .
暫時跟各位報告。

1. 다음을 듣고 이어지는 말을 고르십시오 . 🎧 65

① 오랜만이에요 .　　　　② 뭘 드릴까요 ?

③ 잘 자요 .　　　　　　④ 잘 지내셨어요 ?

2. 다음을 듣고 대화 내용과 같은 것을 고르십시오 . 🎧 66

① 여자는 아침에 운동을 합니다 .

② 남자는 지금 운동하러 갑니다 .

③ 여자는 항상 저녁에 운동을 합니다 .

④ 남자는 여자와 함께 운동을 합니다 .

※ [3~4] (　) 에 들어갈 가장 알맞은 것을 고르십시오 .

3.

회사에 늦겠습니다 . (　) 차가 막히기 때문입니다 .

① 전혀　　　② 별로　　　③ 서로　　　④ 왜냐하면

4.

감기에 걸렸습니다 . 약을 먹고 (　) 쉬어야 합니다 .

① 드디어　　　② 제일　　　③ 덜　　　④ 푹

聽力原文

1. 여자 : 안녕히 주무세요 .

　　남자 : ＿＿＿＿＿＿＿＿＿＿＿ .

2. 남자 : 미나 씨 , 언제 운동하러 가세요 ?

　　여자 : 이따가 퇴근하고 7 시에 가요 .

　　남자 : 매일 저녁 운동을 하세요 ?

答案

1. ③　　2. ③　　3. ④　　4. ④

　　여자 : 네 . 다른 때는 시간이 없거든요 .

★★★
어제

昨天

어제 이메일을 읽었는데 아직 답장을 못 보냈어요 .
昨天讀了電子郵件，但目前還沒有回信。

★★★
미리

事先

손님들이 오기 전에 미리 음식 준비와 집안 청소를 끝냈습니다 .
我在客人來之前先準備了食物，也完成家裡的清掃。

★★★
열심히
〔熱心히〕

努力

한 시간만 열심히 운동하고 집에 가야겠어요 .
我就努力運動個一小時後回家吧。

★★★
그리고

並且、還有

비가 많이 와요 . 그리고 좀 추워요 .
雨下很大。還有一點冷。

★★★
자세히
〔仔細 / 子細히〕

仔細地

선생님께서 자세히 설명해 주셔서 어려운 문제를 이해했습니다 .
因為老師仔細地說明，我理解了困難的問題。

★★★
특히
〔特히〕

特別

여러 관광지 중에서 특히 드라마를 찍은 섬이 인기가 많습니다 .
在眾多觀光景點中，拍攝連續劇的島特別受歡迎。

★★★
매주
〔每週〕

每週、每個禮拜

한국어 말하기 모임은 매주 금요일 저녁 7 시에 있습니다 .
每週五晚上 7 點有韓語口說聚會。

★★★
조금

一點

피곤해서 조금만 더 잘게요 .
我很累，所以再多睡一下。

★★★
가까이

近地

회사 가까이 가서 다시 연락하겠습니다 .

我快到公司再重新跟你聯絡。

★★★
새로

新地

새로 오신 선생님은 뭘 가르치세요 ?

新來的老師是教什麼的？

★★★
잘못

錯地

낮에 음식을 잘못 먹고 배가 너무 아파서 병원에 갔습니다 .

白天吃壞肚子，肚子太痛，所以去了醫院。

★★★
깜짝

形容突然嚇一跳、吃驚的模樣

저는 조금 전에 텔레비전을 보고 깜짝 놀랐습니다 .

我剛剛看了電視嚇了一跳。

★★★
덜

不太

시험 전 날까지도 책을 덜 읽어서 마음이 급해졌습니다 .

我一直到考試前書都看得不多，所以內心變得急躁起來。

★★★
잘

好地

거기에 가서 물어보면 잘 안내해 줄 거예요 .

你去那邊問問看的話，會有人好好引導你的。

★★★
멀리

遠地

우리 집은 서울에서 멀리 떨어진 시골로 이사를 했습니다 .

我們家搬到距離首爾較遠的鄉下了。

★★★
모두

全部

어린 아이부터 나이가 많은 사람까지 모두 쉽게 할 수 있습니다 .

從兒童到年長的人都可以輕鬆做到。

★★★ **주로** 〔主로〕	主要	近義詞 ⇒ P.273

선생님은 주로 어떤 그림을 그리세요 ?

老師主要畫哪種畫呢 ?

★★ **보통** 〔普通〕	一般、通常	近義詞 ⇒ P.273

저는 평일에는 보통 여섯 시에 일어납니다 .

我平日通常六點起床。

★★ **아직**	還

2 시간 전에 도착했는데 제 가방이 아직 안 나왔어요 .

我 2 小時前就到了，但是我的行李還沒出來。

★★ **직접** 〔直接〕	直接、親自

직접 가서 물건을 구경하고 싸게 살 수 있습니다 .

你可以親自去逛逛，買到便宜的東西。

★★ **무척**	非常

제가 태어나서 자란 이 동네가 무척 보고 싶을 겁니다 .

我應該會很想念這個我出生長大的社區。

★★ **조금씩**	一點點

밖에는 비가 조금씩 내리기 시작합니다 .

外面雨開始在一點點地下了。

★★ **오래**	很久

병원에는 감기 환자가 많아 오래 기다려야 했습니다 .

醫院裡感冒的患者很多，必須等很久。

★★ **일찍**	早地

오늘은 일찍 퇴근해서 좀 쉬는 게 어때요 ?

今天早點下班休息如何 ?

★★ **매일** 〔每日〕	**每天**
	매일 음식을 해서 가족들과 같이 먹습니다 . 我每天做料理跟家人一起吃。

★★ **모레**	**後天**
	지금 보내시면 모레 도착할 거예요 . 現在寄的話，後天會到。

★★ **빨리**	**快點**
	신발이 안 맞을 때는 빨리 바꿔야 합니다 . 鞋子不合的時候必須快點換才行。

★★ **그때그때**	**每當**
	그래서 그때그때 다른 안경을 씁니다 . 所以每當這時就會戴別的眼鏡。

★★ **천천히**	**慢慢地**
	천천히 오래 걷는 것이 건강에 더 도움이 됩니다 . 慢慢走久一點更有益健康。

★★ **매년** 〔每年〕	**每年**
	이 도시에서는 매년 4 월에 봄꽃 축제가 열립니다 . 這座城市每年 4 月會舉辦櫻花祭。

★★ **그만**	**停止**
	우리 이제 그만 구경하고 가요 . 我們不要再逛了，走吧。

★★ **다시**	**重新**
	생각해 보면 버리지 않고 다시 쓸 수 있는 게 많아요 . 這麼一想，可以重新使用、不用丟掉的東西很多。

★★ 자주	經常	近義詞 ⇒ P.273

지금은 재미있는 말도 많이 하고 사람들도 자주 만납니다 .
我現在會講很多有趣的話，也經常跟人們往來。

★★ 지금	現在	近義詞 ⇒ P.273

지금 부산 가는 버스 있어요 ?
現在有去釜山的公車嗎？

★★ 왜	為什麼

주문한 그릇이 왜 이렇게 안 와요 ?
我訂的碗為什麼一直沒來？

1. 다음은 무엇에 대해 말하고 있습니까 ? 알맞은 것을 고르십시오 . 🎧 67

    ① 드라마   ② 책   ③ 영화   ④ 그림

2. 다음을 듣고 대화 내용과 같은 것을 고르십시오 . 🎧 68

    ① 여자는 친구와 함께 부산에 가려고 합니다 .

    ② 남자는 친구를 기다리기로 했습니다 .

    ③ 여자의 친구는 부산에 도착했습니다 .

    ④ 남자는 미리 출발했습니다 .

※ [3~4] ( ) 에 들어갈 가장 알맞은 것을 고르십시오 .

3.

> 오후입니다 . 바빠서 ( ) 점심을 못 먹었습니다 .

    ① 아직   ② 자세히   ③ 벌써   ④ 곧

4.

> 우산을 안 가지고 나갔습니다 . 집에 ( ) 왔습니다 .

    ① 자주   ② 갑자기   ③ 조금씩   ④ 다시

聽力原文

1. 여자 : 이건 제가 한국 음식에 대해 쓴 거예요 .
    남자 : 재미있겠네요 . 한 권 사서 읽어 볼게요 .

2. 여자 : 아저씨 , 부산에 가는 버스죠 ?
    남자 : 네 . 빨리 타세요 . 곧 출발합니다 .
    여자 : 잠시만요 . 아직 친구가 안 왔어요 .

答案

1. ②   2. ①   3. ①   4. ④

★★ **바로**	馬上
	기다리지 않고 바로 먹을 수 있는 식당이 좋습니다 . 我喜歡不用等馬上可以吃的餐廳。

★★ **한번**	①表示嘗試、試圖 (會和「- 아 / 어 보다」一起使用) ②表示有機會的時候
	박물관 아르바이트는 안 해 봤는데 한번 해 보고 싶네요 . 我沒做過博物館的打工，真想做看看呢。
	한번跟分寫的「한 번」(一次) 意義不同。也就是說，它沒有일회 (一回) 的意思。這個詞主要是表示試著做某種行為，常跟「- 아 / 어 보다試」這樣的表達一起使用。雖然確切的意思會根據實際狀況有些許不同，但大致上可以用「언젠가任何時候 / 시간이 있으면有時間的話 / 가능하다면可以的話 / 원한다면想要的話」等去解讀，自然就會理解了。

★★ **정말**	真的
	그 드라마에서 두 사람이 어떤 섬에 갔는데 정말 아름다웠어요 . 在那個連續劇裡，兩個人去了某座島，真的很美麗。

★★ **벌써**	已經
	오랜만에 여행 왔는데 벌써 가요 ? 很久沒來旅行了，這就要走了嗎？

★★ **안**	不
	아무 데도 안 가고 집에 있을 거예요 . 我哪裡也不會去，只會待在家裡。

★★ **좀**	一點 (是「조금」一點的縮寫)
	① 程度稍微、時間較短 인터넷으로 구두를 샀는데 좀 크네요 . 我在網路上買了皮鞋，但是有點大。
	② 尋求請託、勸說、同意時較溫和的感覺 예약 좀 하려고 하는데요 . 我想預約。

「조금」沒有②的功能。像「조금／좀」一樣有縮寫的例子還有「그러면／그럼那麼」。一般來說，在口語中很常使用縮寫，書面則兩者都會使用。因此在聽力考試中，聽得懂「좀」或「그럼」就可以了。

★★ 혼자	獨自

요즘에는 혼자 먹고 혼자 놀고 혼자 지내는 젊은 사람들이 많습니다 .
最近有很多獨自吃飯、獨自玩、獨自過生活的年輕人。

★★ 너무	太

지금부터 해야 할 일이 너무 많네요 .
從現在開始要做的事情太多了。

★ 다	全部

약국이 다 문을 닫아서 약을 살 수가 없었어요 .
藥局都關門了，所以買不到藥。

★ 그냥	就那樣

여기서 조금 쉬고 그냥 내려가면 어때요 ?
在這裡稍微休息之後就下去如何？

★ 혹시 〔或是〕	或許

혹시 김치박물관이 어디 있는지 아세요 ?
請問你知道辛奇博物館在哪裡嗎？

「혹시或許」的用法很多元，但在 TOPIK Ⅰ中主要只會在疑問句中使用。因此可以理解成「用於對不確定的事情提出疑問，表示雖認為如此，但因不確定而猶豫要不要說時使用的話」即可。

★ 또	又

① [추가追加] 그뿐만 아니라（並且、而且）
　동대문 시장은 물건이 많고 디자인이 다양합니다 . 또 값도 쌉니다 .
　東大門市場東西很多，設計也很多元。此外價格也便宜。
② [반복重複] 다시（又）
　또 오세요 .
　歡迎下次再來。

★ 이제	現在	近義詞 ⇒ P.273

푹 쉬어서 이제 괜찮아요 .
好好休息之後，現在好多了。

★ 많이	很	

집에 새 물건들이 많이 필요합니다 .
家裡需要很多新的東西。

★ 이따가	待會	近義詞 ⇒ P.272

우리 이따가 얘기 좀 해요 .
我們待會聊一下。

★ 더	再	

침대 두 개가 더 필요합니다 .
還需要兩張床。

★ 함께	一起	近義詞 ⇒ P.269

앞으로 모든 것을 친구와 함께 결정할 겁니다 .
我之後所有的事情都會跟朋友一起決定。

★ 사실 〔事實〕	事實上、其實	

사실 여름에 수박처럼 달고 시원한 과일도 없어요 .
事實上，夏天沒有其他像西瓜一樣甜又冰涼的水果了。

★ 우선 〔于先〕	首先	近義詞 ⇒ P.270

오늘 끝내야 하는 일이니까 우선 이 일부터 해요 .
這是今天要完成的工作，所以先從這個工作開始。

★ 못	不	

마라톤 대회가 있어서 저 길로는 못 가요 .
因為有馬拉松比賽，所以沒辦法往那條路走。

近義詞 ⇒ P.269

★ 같이	一起
	공원에서 친구와 같이 김밥을 먹고 자전거를 탔습니다 . 我在公園跟朋友一起吃紫菜包飯，騎腳踏車。

★ 그래도	但還是
	매운 걸 잘 못 먹지만 그래도 떡볶이는 먹고 싶어요 . 雖然我不太能吃辣的，但還是想吃辣炒年糕。

★ 그러나	但是
	여행을 무척 좋아합니다 . 그러나 시간이 없어서 갈 수 없습니다 . 我非常喜歡旅行。但是沒有時間，所以不能去。

★ 그러니까	因此
	저 식당은 그날 준비한 걸 다 팔면 문을 닫아요 . 그러니까 늦게 가면 못 드실 수도 있어요 . 那個餐廳如果把那天準備的量都賣完就會關店。因此如果晚去的話，有可能會吃不到。

★ 그러면	那麼
	A : 어제 잠을 못 자서 좀 피곤하네요 . 我昨天睡不太好，有點累。 B : 그러면 이 사탕 한번 먹어 볼래요 ？ 那麼要不要吃吃看這個糖果？

★ 그렇지만	但
	우리 같이 갔던 식당 좋았어요 . 그렇지만 가격이 너무 비쌌어요 . 我們一起去的餐廳不錯。但是價格太貴了。

★ 그리고	還有
	학생 식당에서 아침을 먹고 수업을 듣습니다 . 그리고 커피숍에서 아르바이트를 합니다 . 我在學生餐廳吃完早餐後去聽課。然後在咖啡廳裡打工。

★ 하지만	但是
	서울에서 살면서 회사에 다녔습니다 . 하지만 도시 생활이 행복하지 않았습니다 .
	我在首爾上班上活。但是都市生活並不幸福。

★ 그래서	所以
	차가 많이 막혔습니다 . 그래서 회사에 늦게 도착했습니다 .
	車子很塞,所以晚到公司了。

★ 그런데	不過
	① 轉換
	저도 미술관에 오고 싶었어요 . 그런데 혹시 그림을 배운 적이 있어요 ?
	我也想來美術館。不過你有學過畫畫嗎?
	② 反對
	바지는 편하고 좋네요 . 그런데 좀 짧은 거 같아요 .
	褲子很舒服很好。不過好像有點短。

★ 그럼	那麼 (為「그러면那麼」的縮寫)
	A : 우리 집은 회사에서 좀 멀어요 . 我們家離公司有點遠。
	B : 그럼 회사 근처로 이사 오지 그래요 ? 那麼為什麼不搬到公司附近?

★ 근데	不過 (為「그런데不過」的縮寫)
	① 轉換
	가을이 되니까 많이 시원해졌네요 . 근데 아침 , 저녁에는 좀 추워요 .
	到了秋天涼爽很多了呢。不過早上、晚上有點冷。
	② 反對
	A : 오늘 영화 정말 재미있었지요 ?
	今天電影真的很有趣吧?
	B : 네 . 근데 너무 앞자리라서 목이 좀 아팠어요 .
	對。不過位子太前面了,脖子有點不舒服。

〈慣用表達〉

★ **날마다**	每天（跟「매일每日」意思相同）
	저는 날마다 춤 연습을 합니다 . 我每天練習跳舞。
★ **앞으로**	以後（可以跟「이제부터從現在開始」替換使用）
	앞으로는 꼭 필요한 물건만 사야겠습니다 . 我以後一定只買需要的東西。

1. 다음을 듣고 대화 내용과 같은 것을 고르십시오. 🎧 69

① 남자는 인사동에서 일하고 있습니다.
② 여자는 인사동에 날마다 놀러 갑니다.
③ 남자는 김치를 만들어 본 적이 없습니다.
④ 여자는 남자와 함께 인사동에 갔습니다.

※ [2~4] ( ) 에 들어갈 가장 알맞은 것을 고르십시오.

2.
> 여름에 비가 많이 왔습니다. ( ) 야채가 비쌉니다.

① 그런데　　② 그래서　　③ 하지만　　④ 그래도

3.
> 가방이 마음에 듭니다. ( ) 비싸서 살 수 없습니다.

① 하지만　　② 그러면　　③ 그래서　　④ 그러니까

4.
> 돈을 열심히 벌어야 합니다. ( ) 집을 살 수 있습니다.

① 하지만　　② 그러나　　③ 그러면　　④ 그래도

聽力原文

1. 남자 : 지난 주말에 인사동에 갔는데 정말 재미있었어요.
여자 : 저도 작년에 가 봤어요. 거기서 김치도 만들었어요.
남자 : 그래요? 저는 김치는 만들어 본 적이 없어요.

答案

1. ③　　2. ②　　3. ①　　4. ③

스무	二十 冠形詞
	내년에 저도 스무 살이 돼요 . 明年我也要二十歲了。

새	新 冠形詞
	고양이에게 새 이름을 지어 주었습니다 . 我幫貓取了新名字了。

세	三 冠形詞
	세 시쯤 오시면 됩니다 . 三點左右來就可以了。

어느	某個 冠形詞
	옛날 어느 마을에 한 가족이 살았습니다 . 以前某個村落住著一家人。

저 04	那 冠形詞
	저 딸기 케이크 하나 주세요 . 請給我一個那個草莓蛋糕。

오랜	久 冠形詞
	서점에서 오랜 시간 서서 책을 읽었습니다 . 我在書店站著看書很久。

몇	幾 冠形詞
	책은 몇 권까지 빌릴 수 있어요 ? 書可以借到幾本？

어떤	什麼樣、怎樣、哪、某種　冠形詞
	어떤 걸로 드릴까요 ? 要給你哪種呢？

이 06	這　冠形詞
	이 시장은 전과 달라진 것이 없습니다 . 這個市場跟之前沒有什麼不同的地方。

두	兩個　冠形詞
	두 사람은 공항에 늦게 도착했습니다 . 兩個人晚到機場了。

네	四個　冠形詞
	태풍은 열네 개 나라를 지나갑니다 . 颱風經過十四個國家。

무슨	什麼　冠形詞
	무슨 운동인데요 ? 什麼運動？

그런	那種　冠形詞
	그런 걸 할 줄 아세요 ? 你會那種事啊？

첫	第一　冠形詞
	우리 팀이 첫 번째 경기에서 이겨서 기분이 좋습니다 . 我們隊在第一場比賽中贏了，所以心情很好。

除了「첫 번째 第一個」之外，大部分在韓語學習中重要的單字都是「첫 -」型態的合成詞。

例) 첫째 第一個、첫사랑 初戀、첫눈 初雪、첫날 第一天、첫차 第一班車、첫인사 初次問候

아무	任何 冠形詞
	피곤하니까 아무 것도 하기가 싫습니다 .
	我很累，所以什麼都不想說。

그	那個 冠形詞
	지금은 그 노래들을 제 아이한테 불러 줍니다 .
	我現在在唱那首歌給我的孩子聽。

이런	這種 冠形詞
	회사원들의 이런 생활은 목에 좋지 않습니다 .
	上班族的這種生活對喉嚨不好。

다른	其他的 冠形詞
	다른 사람들에게 자기의 결혼하는 모습을 보여 주고 싶기 때문입니다 .
	因為想給其他人看自己結婚的樣子。

저런	那種 冠形詞
	우리 회사 근처에 저런 유명한 식당이 있었네요 .
	我們公司附近原來有那種有名的餐廳呀。

한	一個 冠形詞
	한 달에 한 번은 시골의 작은 마을을 찾아갑니다 .
	我一個月會去一次鄉下的小村莊。

모든	所有的 冠形詞
	영화관은 모든 자리를 편하게 해야 합니다 .
	電影院應該所有位子都要很舒適。

여러	幾個、許多、多樣 冠形詞
	한국의 여러 가지 떡을 직접 만들어서 먹어 볼 수 있습니다 .
	可以親自做韓國的各種年糕來吃看看。

1. 다음을 듣고 대화 내용과 같은 것을 고르십시오. 🎧 70

① 남자는 네 나라에 여행을 가 봤습니다.
② 여자는 해외에 여행을 간 적이 없습니다.
③ 남자는 스무 살 때 처음 해외여행을 갔습니다.
④ 여자는 미국에 간 적이 있습니다.

※ [2~4] ( )에 들어갈 가장 알맞은 것을 고르십시오.

2.

대학교에 입학했습니다. ( ) 책으로 공부합니다.

① 세　　② 새　　③ 오랜　　④ 무슨

3.

휴일입니다. ( ) 데도 안 나가고 잠만 잡니다.

① 무슨　　② 어떤　　③ 아무　　④ 모든

4.

마음에 드는 옷이 없습니다. ( ) 가게에 갑니다.

① 다른　　② 같은　　③ 첫　　④ 저런

聽力原文

1. 여자 : 민수 씨는 어떤 나라에 여행을 가 봤어요?
남자 : 제일 처음 간 곳은 일본이고 그 다음에 대만과 베트남에 가 봤어요.
여자 : 아, 그래요? 저는 스무 살에 미국에 가 봤어요.
남자 : 그렇군요.

答案

1. ④　　2. ②　　3. ③　　4. ①

스물	二十 數詞 / 冠形詞
	형은 스물한 살이고 누나는 스물세 살입니다 . 哥哥二十一歲，然後姐姐是二十三歲。

육 〔六〕	六 數詞 / 冠形詞
	비빔밥은 육천 원입니다 . 拌飯是六千韓元。

칠십 〔七十〕	七十 數詞 / 冠形詞
	이 가게는 생긴 지 칠십 년이 되었습니다 . 這間商店已經七十年了。

여덟	八 數詞 / 冠形詞
	음악회는 저녁 여덟 시에 끝납니다 . 音樂會在晚上八點結束。

삼 〔三〕	三 數詞 / 冠形詞
	삼 년 전부터 학원에서 일하고 있습니다 . 我從三年前開始在補習班工作。

일곱	七 數詞 / 冠形詞
	아침 일곱 시에 일어납니다 . 我早上七點起來。

천 〔千〕	千 數詞 / 冠形詞
	아침 영화는 오천 원에 볼 수 있습니다 . 早場電影用五千韓元就可以看到。

만 〔萬〕	萬 數詞 / 冠形詞
	표는 오만 구천 원입니다 . 票是五萬九千韓元。

십
〔十〕

十　數詞 / 冠形詞

학교를 졸업한 지 벌써 십 년이 됐어요 .
我已經從學校畢業十年了。

구
〔九〕

九　數詞 / 冠形詞

영화관은 이 건물 구 층에 있어요 .
電影院在這棟建築的九樓。

일 05
〔一 / 壹〕

一　數詞 / 冠形詞

친구를 일 년 동안 못 만나서 보고 싶었습니다 .
我一年沒見到朋友，很想念他。

여섯

六　數詞 / 冠形詞

저는 여섯 달 전에 고양이를 샀습니다 .
我在六個月前買了一隻貓。

열 01

十　數詞 / 冠形詞

그럼 장미꽃으로 열 송이 주세요 .
那麼請給我十朵玫瑰。

오
〔五〕

五　數詞 / 冠形詞

오 월 오 일에 출발하는 기차입니다 .
這是五月五日出發的火車。

십만
〔十萬〕

十萬　數詞 / 冠形詞

이 컴퓨터를 십만 원에 팔고 싶습니다 .
這個電腦我想賣十萬韓元。

아홉

九　數詞 / 冠形詞

주차장 청소는 아홉 시까지 합니다 .
停車場會打掃到九點。

하나	一 數詞
	여기 김밥 하나하고 라면 하나 주세요 .
	這裡請給我一個紫菜包飯和一碗泡麵。

둘	二 數詞
	아이가 둘이라서요 .
	因為我有兩個孩子。

이 08 〔二〕	二 數詞 / 冠形詞
	김치라면은 이천 원입니다 .
	辛奇泡麵是兩千韓元。

삼십 〔三十〕	三十 數詞 / 冠形詞
	버스는 삼십 분마다 버스 정류장에서 이용할 수 있습니다 .
	公車站每三十分鐘會有車。

칠 〔七〕	七 數詞 / 冠形詞
	여름 휴가는 칠 월에 있습니다 .
	暑假在七月。

이십 〔二十〕	二十 數詞 / 冠形詞
	제 생일은 시월 이십이 일입니다 .
	我的生日是十月二十二日。

다섯	五 數詞 / 冠形詞
	다섯 시 영화 표 , 두 장 주세요 .
	請給我兩張五點的電影票。

1. 다음을 듣고 대화 내용과 같은 것을 고르십시오. 🎧 71

　① 남자는 50 년 전에 이 빵집을 열었습니다.

　② 여자는 지금 빵을 안 살 겁니다.

　③ 남자는 오늘 30 분을 기다려서 빵을 샀습니다.

　④ 여자는 이 빵집에서 빵을 산 적이 있습니다.

2. 다음을 읽고 맞지 않는 것을 고르십시오.

　① 이월 십오 일에 기차를 탑니다.

　② 서울에서 부산까지 가는 기차입니다.

　③ 부산까지 2 시간 42 분 걸립니다.

　④ 기차표 가격은 오만구천 원입니다.

※ [3~4] 다음을 읽고 물음에 가장 알맞은 것을 고르십시오.

3. 이 사람은 몇 살에 회사를 다니기 시작했습니까?

　　지금 서른두 살입니다. 이 회사에 다닌 지 십 년이 됐습니다.

　① 스무 살　　　② 스물한 살　　　③ 스물두 살　　　④ 스물세 살

4. 기차는 하루에 몇 번 있습니까 ?

> 기차는 매일 오전 아홉 시 , 오후 12 시 , 오후 6 시에 출발합니다 .

① 다섯 번　　　② 네 번　　　③ 세 번　　　④ 여섯 번

5. 옷을 사는 데 모두 얼마를 썼습니까 ?

> 옷을 두 벌 샀습니다 . 하나는 십만 원이고 다른 하나는 칠만오천 원입니다 .

① 170,000 원　　　② 107,000 원　　　③ 105,000 원
④ 175,000 원

聽力原文

1. 남자 : 이 빵집은 50 년이 된 곳이에요 .
　여자 : 아 , 그럼 빵을 사려면 얼마나 기다려야 해요 ?
　남자 : 저는 저번에 30 분 기다렸어요 .
　여자 : 그럼 퇴근하고 다시 와야겠어요 .

答案

1. ②　　2. ④　　3. ③　　4. ③
5. ④

내 03	我 代名詞 在「나我」加上助詞「가」而結合成的型態。
	내가 만든 자동차예요 . 這是我製作的汽車。
내 05	我的 代名詞 「나의我的」的縮寫。
	제 친구는 내 결정을 따라 합니다 . 我的朋友會跟隨我的決定。
저거	那個 代名詞
	저거 , 우리 가방 같은데요 . 那個,我們的包包一樣呢。
누구	誰 代名詞
	누구하고 커피를 마셨어요 ? 你跟誰喝咖啡了？
이것	這個 代名詞
	지금 보시는 이것은 옛날 신발인데요 ... 비가 올 때 신었습니다 . 你現在看到的這個是以前的鞋子……是在下雨的時候穿的。
이거	這個 代名詞
	이거 한국 돈으로 바꿔 주세요 . 這個請幫我換成韓幣。
저희	我們 代名詞
	요즘 저희 아이가 책을 잘 안 읽어요 . 最近我們孩子不太看書。
무엇	什麼 代名詞
	무엇을 타고 가시겠습니까 ? 你要搭什麼去？

뭐	什麼 代名詞
	이번 휴가 때 뭐 할 거예요 ?
	這次休假你要做什麼 ?
어디	哪裡 代名詞
	어디가 아파서 오셨어요 ?
	你是哪裡不舒服才過來的呢 ?
그것	那個 代名詞
	그것으로 공항버스 표를 살 수 있기 때문입니다 .
	因為可以用那個買機場巴士的票。
그거	那個 代名詞
	그럼 , 우리도 그거 한번 먹어 볼까요 ?
	那麼，我們也吃吃看那個吧 ?
저쪽	那邊 代名詞
	여기는 축구를 하는 학생들이 있으니까 저쪽으로 가요 .
	這裡有在踢足球的學生，往那邊走吧。
제 01	我 代名詞 說話的人謙稱自己時使用的「저我」加上助詞「가」結合而成的型態。
	제가 만화책을 좋아해서 몇 년 전부터 모으고 있어요 .
	因為我喜歡漫畫書，所以從幾年前開始就在收集它。
제 02	我的 代名詞 「저의我的」的縮寫
	친구를 만나서 제 생각을 친구에게 이야기합니다 .
	我跟朋友見面之後把我的想法告訴他。
여기	這裡 代名詞
	여기 , 외국 만화책도 있네요 .
	這裡也有外國漫畫耶。

이곳	這裡 代名詞
	저는 아버지와 이곳에서 함께 살고 싶습니다 . 我想跟父親一起在這裡生活。

나	我 代名詞
	나도 운동 좀 해야 하는데 ... 我也得做點運動的……

언제	何時 代名詞
	아침 식사 시간은 언제예요 ? 早餐時間是什麼時候？

저 ⁰¹	我 代名詞 說話的人謙稱自己時使用的話。
	이사할 때 친구가 저를 도와 주었습니다 . 搬家的時候朋友幫了我。

그곳	那裡 代名詞
	저도 그곳에 한번 가 보고 싶습니다 . 我也想去那裡一次看看。

거기	那裡 代名詞
	거기에서 한국 노래를 부르고 춤을 배웁니다 . 我在那裡唱韓語歌、學跳舞。

자기	自己 代名詞
	딸은 전화를 받으러 자기 방으로 들어갔습니다 . 女兒進去自己房間接電話。

※「자기」也會在年輕夫婦或戀人間稱呼對方時使用，但在 TOPIK I 裡不會出現。

저기	那裡 代名詞
	저기 은행 앞에 마트 보이세요 ? 你有看到那裡銀行前面的超市嗎？

여러분	各位 代名詞
	여러분 , 호텔에 도착했습니다 .
	各位，到飯店了。
이쪽	這邊 代名詞
	이쪽에서 한번 골라 보세요 .
	請在這邊挑選一下。
우리	我們 代名詞
	우리 집 근처에도 이런 곳이 있으면 좋겠어요 .
	如果我們家附近也有這種地方就好了。

1. 여기는 어디입니까 ? 알맞은 것을 고르십시오 . 🎧 72

① 정류장　　　② 기차역　　　③ 주차장　　　④ 매표소

2. 다음을 읽고 맞지 않는 것을 고르십시오 .

① 파티 시간은 이번 주 토요일 오후 6 시 입니다 .

② 파티는 친구의 집에서 합니다 .

③ 파티에 친구들이 옵니다 .

④ 생일 축하를 하려고 합니다 .

※ [3~4] ( ) 에 들어갈 가장 알맞은 것을 고르십시오 .

3.

> 시험이 시작됩니다 . 휴대전화는 ( ) 가방에 넣어 주세요 .

① 우리　　　② 저희　　　③ 누구　　　④ 자기

4.

> 여기 찾으시는 책이 있습니다 . ( ) 으로 오세요 .

① 그쪽　　　② 이쪽　　　③ 저쪽　　　④ 그곳

聽力原文

答案

| 1. ① 　 2. ② 　 3. ④ 　 4. ②

1. 남자 : 여기서 공항에 갈 수 있어요 ?

　 여자 : 네 . 저기 오는 601 번 버스를 타세요 .

所謂的依存名詞指的是無法單獨使用、一定要出現在某個單字前面的名詞。依存名詞主要有兩種，分別為①作為數數量等單位的名詞（例如 한 개、스무 살、열 마리、두 벌 等）以及②作為完成文法句型的名詞（例如 -을 것 같다、-을 수 있다、-은 적이 있다、-은 지 等）。

살	歲 依存名詞 數年紀的單位。
	몇 살이에요 ?
	你幾歲？
동〔棟〕	依存名詞 數建築或是表示順序的單位。
	아파트 주차장 청소 일정 : 301 동 , 302 동
	公寓停車場打掃日程：301 棟、302 棟
권〔卷〕	依存名詞 數書或筆記本的單位。
	이 책 두 권 빌려 주세요 .
	請借我兩本這個書。
쪽	邊 依存名詞 表示方向。
	시내 쪽으로 가시면 같이 가요 .
	如果要去市中心方向的話可以一起去。
등 04〔等〕	依存名詞 表示同等級或等數的單位。
	선생님 덕분에 1 등을 한 것 같아요 .
	托老師的福我才能第一名。
원	韓元 依存名詞 韓國的貨幣單位。
	12,000 원에서 7,000 원으로 할인해 드렸습니다 .
	幫您從 12,000 韓元打折到 7,000 韓元。
개〔個 / 箇 / 介〕	依存名詞 計算個別東西的計量單位。
	저는 안경이 여러 개 있습니다 .
	我有好幾個眼鏡。

일 04
〔日〕

依存名詞 數日子或日期的單位。

다음 달 3 일은 제 생일입니다 .
下個月 3 號是我的生日。

세
〔歲〕

依存名詞 數年紀的單位。

65 세가 넘으면 지하철을 탈 때 돈을 내지 않아도 됩니다 .
超過 65 歲搭地鐵的時候不用付錢。

명
〔名〕

依存名詞 數人的單位。

우리 반 친구는 모두 20 명입니다 .
我們班的同學全部是 20 名。

시
〔時〕

依存名詞 數時間的單位。

수요일은 열 시에 시작합니다 .
星期三十點開始。

지

之後 依存名詞 從某件事情發生開始到現在的期間。

저는 한국에 온 지 1 년이 되었습니다 .
我來韓國已經 1 年了。

데

狀況 依存名詞 表示場所或事情、狀況。

하지만 만드는 데 시간이 오래 걸립니다 .
但是做起來要花很長時間。

장
〔張〕

依存名詞 數跟紙或玻璃一樣薄、寬大的東西的單位。

그 연극이 재미있어서 어머니께 표 두 장을 사 드렸습니다 .
那個舞台劇很有趣,所以我買了兩張票給母親。

월
〔月〕

依存名詞 數月份的單位。

5 월에는 가족과 함께하는 행사가 많습니다 .
我 5 月有很多跟家人一起的活動。

호 〔號〕	依存名詞 表示房間號碼。 도움이 필요하면 301 호로 연락하면 됩니다 . 需要幫忙的話可以聯絡 301 號。
씨 〔氏〕	依存名詞 尊稱人的話語。 마이클 씨는 도서관에 왔습니다 . 麥可先生來圖書館了。
시간 02 〔時間〕	依存名詞 120 전화는 24 시간 전화를 받습니다 . 120 電話 24 小時接聽。 120 전화（120 電話）： 正式名稱是 120 茶山（다산）呼叫中心，是 365 天 24 小時接聽投訴電話和諮詢的首爾專門呼叫中心。
등 03 〔等〕	依存名詞 表示除了前面提到的東西之外，還有其他類似種類的東西。 꽃목걸이 만들기 , 엽서 쓰기 등 다양한 행사도 준비했습니다 . 也有準備製作花項鍊、寫明信片等各式各樣的活動。
줄	方法 依存名詞 某種方法或實際內容。 그런 걸 할 줄 알아요 ? 你會那種事情啊？
개월 〔個月〕	依存名詞 數月份的單位。 6 개월 전에 제가 퇴근해서 집에 돌아올 때 길에서 아기 고양이를 만났습니다 . 6 個月前我在下班後回家的路上見到了小貓咪。
벌	件 依存名詞 數衣服的單位。 집에서 편히 입을 수 있는 옷을 한 벌 샀어요 . 我買了一件可以在家輕鬆穿的衣服。

분 ⁰⁴ 〔分〕	依存名詞 10 분 후에 전화할게요 . 我 10 分鐘後打給你。
번 〔番〕	次、回、號 依存名詞 表示順序、次數、號碼的話語。 일주일에 두 번 수영을 합니다 . 我一週游泳兩次。
적	時候 依存名詞 （主要在過去的）某個時候。 남은 음식을 집에 가지고 간 적이 있습니다 . 我曾經帶剩下的食物回家過。
가지	種 依存名詞 表示種類。 여기 여러 가지 색깔이 있으니까 구경하세요 . 這裡有各式各樣的顏色，請參觀看看。
분 ⁰¹	位 依存名詞 尊稱或數人的單位。 저기 오시는 분이 저희 선생님이십니다 . 那邊過來的那位是我的老師。
달 ⁰²	月 依存名詞 數月份的單位。 이 음악회는 한 달 동안 합니다 . 這個音樂會會舉辦一個月。
회 〔回〕	次 依存名詞 數次數或表示輪到順序的話語。 1 일 3 회 , 식사하시고 30 분 후에 이 약을 꼭 드세요 . 1 天 3 次，飯後 30 分鐘後一定要吃這個藥。
주 〔週〕	依存名詞 시험 결과는 이번 주 토요일에 알 수 있습니다 . 可以在這個星期六知道考試結果。

중 〔中〕	依存名詞 물건은 오늘 중에 도착해야 합니다. 物品必須在今天之內抵達。
번째 〔番째〕	依存名詞 次，表示順序或次數的話語。 두 번째 책도 준비하고 계세요? 你也有在準備第二本書嗎?
거	東西 依存名詞 某種事物或現象，或是事實。※ 主要在口語中使用。 먹을 거하고 마실 거를 좀 사려고요. 我想買點吃的跟喝的東西。
년 〔年〕	依存名詞 저희는 십 년 이상 오래 일할 사람을 찾고 있습니다. 我們正在找可以長久工作十年以上的人。
수	可能 依存名詞 可以做到某種事情的能力或某種事情發生的可能性。 비행기 안에서 귀가 아플 수 있습니다. 在飛機裡可能會覺得耳朵痛。
때문	因為 依存名詞 表示原因或理由。 손님들과 이야기하는 것이 부끄러웠기 때문입니다. 因為不好意思跟客人聊天。
것	事物 依存名詞 沒有正確指明對象的事物或事實。 장미꽃이 좋을 것 같아요. 玫瑰好像不錯。

※ [1~5] ( ) 에 들어갈 가장 알맞은 것을 고르십시오 .

1.

> 서점에 나갔습니다 . 책 두 ( ) 을 샀습니다 .

① 개   ② 장   ③ 번   ④ 권

2.

> 작년에 처음 한국에 갔습니다 . 올해가 두 ( ) 입니다 .

① 번째   ② 가지   ③ 살   ④ 시간

3.

> 오늘은 아기의 돌입니다 . 태어난 ( ) 1 년이 되었습니다 .

① 데   ② 수   ③ 적   ④ 지

4.

> 오늘은 춥습니다 . 따뜻한 옷 한 ( ) 을 준비했습니다 .

① 쪽   ② 벌   ③ 권   ④ 동

5.

> 편의점은 24 ( ) 이용할 수 있습니다 . 아주 편리합니다 .

① 시   ② 일   ③ 시간   ④ 개월

答案

1. ④   2. ①   3. ④   4. ②   5. ③

프랑스 〔France〕	法國 固有名詞 제 친구는 프랑스 사람입니다 . 我朋友是法國人。
한글	韓文字 固有名詞 할머니는 이제 한글을 쓸 줄 아십니다 . 奶奶現在會寫韓文字了。
일본어 〔日本語〕	日語 固有名詞 지금은 일본어를 배우고 있습니다 . 我現在在學日語。
미국 〔美國〕	美國 固有名詞 저는 미국에서 산 적이 있습니다 . 我曾在美國生活過。
제주도 〔濟州島〕	濟州島 固有名詞 제주도에 가서 바다를 구경하고 싶습니다 . 我想去濟州島看海。
한국어 〔韓國語〕	韓語 固有名詞 한국 친구한테서 한국어를 배워요 . 我跟韓國朋友學韓語。
한글날	韓文日 固有名詞 내일은 한글날이라서 쉬어요 . 明天是韓文日，所以休息。
서울역 〔서울驛〕	首爾站 固有名詞 서울역까지 가는 버스가 있어요 ? 有去首爾站的公車嗎？

영어 〔英語〕	英語 固有名詞
	제가 지금 영어 수업을 들었는데 혹시 다른 반은 없어요 ? 我已經聽過英語課，還有其他課程嗎？
광주 〔光州〕	光州 固有名詞 （為韓國第六大都市，全羅道最大的都市）
	광주는 비가 옵니다 . 光州下雨。
춘천 〔春川〕	春川 固有名詞 （是以湖聞名的江原道都市）
	춘천은 날씨가 맑습니다 . 春川天氣很晴朗。
여수 〔麗水〕	麗水 固有名詞
	여수에는 아름다운 섬이 많습니다 . 麗水有很多美麗的島嶼。
서울	首爾 固有名詞
	저는 서울에서 오래 살았지만 서울 사람은 아닙니다 . 我雖然在首爾住了很久，但不是首爾人。
일본 〔日本〕	日本 固有名詞
	태풍은 주로 한국을 지나 일본으로 갑니다 . 颱風主要會經過韓國，之後往日本前進。
부산 〔釜山〕	釜山 固有名詞
	남자는 부산까지 앉아서 가고 싶어합니다 . 男人想坐著前往釜山。
베트남 〔Vietnam〕	越南 固有名詞
	이번 베트남 여행 때는 약을 먹고 비행기를 탔습니다 . 這次越南旅行時，我吃藥之後才搭飛機。

서울타워
〔서울 tower〕

首爾塔 固有名詞

서울타워에 가면 고향 생각이 납니다 .
如果去首爾塔，就會想到我的故鄉。

영국
〔英國〕

英國 固有名詞

저는 영국에서 왔습니다 .
我是從英國來的。

한강공원
〔漢江公園〕

漢江公園 固有名詞

한강공원에서는 자전거를 빌려서 탈 수 있습니다 .
可以在漢江公園裡借腳踏車騎。

중국
〔中國〕

中國 固有名詞

중국에 출장을 다녀왔습니다 .
我從中國出差回來了。

한국
〔韓國〕

韓國 固有名詞

한국 사람의 생활 모습을 책으로 소개하고 싶었습니다 .
我想用書來介紹韓國人的生活樣貌。

경기도
〔京畿道〕

京畿道 固有名詞

다음 달 15 일부터 경기도에서 다양한 문화 행사가 열립니다 .
從下個月 15 日開始，京畿道會舉辦各式各樣的文化活動。

부천
〔富川〕

富川 固有名詞

부천에는 한국 만화의 역사를 볼 수 있는 박물관이 있습니다 .
富川有可以看到韓國漫畫歷史的博物館。

저 05

那個 感嘆詞 （開口有點猶豫或是想不到要說的話時用的話語）

저 , 딸기 케이크 하나 주세요 .
那個，請給我一個草莓蛋糕。

어머	天啊 [感嘆詞] （主要用於女性）突然嚇到或感嘆時發出的聲音。
	어머, 그래요 ? 天啊，這樣嗎 ？
아니요	不 [感嘆詞] 否定上級的提問並回答時使用的話。
	아니요, 저는 노래를 못해요. 不，我不會唱歌。
음	嗯 [感嘆詞] 認同對方的話時發出的聲音。
	음, 자전거 여행 좋죠. 嗯，自行車旅遊很不錯。
자	好／來 [感嘆詞] 要吸引他人注意或勸說、催促行動時使用的話語。
	자, 여러분. 수업을 시작하겠습니다. 好，各位。要開始上課了。
여보세요	喂 [感嘆詞] 主要用在電話接通時呼喚對方時。
	여보세요 ? 여기 305 호인데요. 喂？這裡是 305 號。
네	是 [感嘆詞] 主要用在認同上級的提問並回答時。
	네, 기타도 한번 배워 보려고 해요. 是，我也想學看看吉他。
그럼	當然 [感嘆詞] 回答表示當然時使用的話語。
	그럼요. 이 아이 정도면 탈 때 불편하진 않을 거예요. 當然了。如果是像這樣的孩子，搭乘的時候不會覺得不舒服。
어	喔 [感嘆詞] 表示驚訝、慌張、高興、感動、憂心、察覺等的聲音。
	어, 이게 뭐예요 ? 喔，這是什麼 ？

참	對了 感嘆詞 突然想起忘記的事情時發出的聲音。
	참 , 아이 도장은 가져오셨죠 ? 對了，你有帶孩子的印章過來吧？
그래	是嗎 感嘆詞 對於對方的話有些許驚訝。
	아 , 그래요 ? 그럼 내일 봐요 . 啊，是嗎？那明天見。
아	啊 感嘆詞 表示驚訝、慌張、高興、感動、憂心、察覺等的聲音。
	아 , 여기 상자 안에 있네요 . 啊，在這個箱子裡面。

※ [1~4] ( ) 에 들어갈 가장 알맞은 것을 고르십시오 .

1.

오늘은 휴일입니다 . 575 년 전에 ( ) 을 만든 날입니다 .

① 서울   ② 서울역   ③ 한글   ④ 한강공원

2.

영국에서 살았습니다 . 이 나라에서는 ( ) 를 사용합니다 .

① 한국어   ② 영어   ③ 일본어   ④ 중국어

3.

대만에 갑니다 . ( ) 에서 비행기를 탑니다 .

① 인천공항   ② 한강공원   ③ 주차장   ④ 서울역

4.

( ) , 여러분 . 버스가 곧 출발합니다 .

① 그래요   ② 여보세요   ③ 아니오   ④ 자

答案

1. ③   2. ②   3. ①   4. ④

　　韓語中，助詞的角色非常重要。助詞會延續單字跟單字的意義，並決定句子的構造，所以它沒有重要性的先後順序。因此在〈助詞〉篇中，我不會按照字彙的重要度來進行配置。為了讓各位除了 TOPIK I 外，之後在準備 TOPIK II 的時候也可以有效使用，我將在 TOPIK I 出現的所有助詞按照功能性的意義分組，加上各自的代表例句，以字典的方式呈現。

　　這裡列出的 29 個助詞是根據 35 種意義區分而成。有像「께서」一樣只當作一種意思使用的，也有像「에」（6 種）或「（으）로」（7 種）一樣擁有複合功能的助詞。請各位不要因為和母語體系不同，而感到複雜或害怕。如果有無法理解的助詞，可以對照下列的說明跟例句，一步一步地慢慢學習。

까지	為止
	① （時空）範圍的最後地點
	너무 재미있어서 끝까지 다 봤어요 .
	因為太有趣了，所以我看到了最後。
	② 追加
	차까지 태워 주셔서 정말 감사드립니다 .
	感謝你還用車載我。
께	給 (為「에게」的敬語，功能跟「에게」一樣)
	① 受詞 (N 을 / 를) 的受益者
	저는 어머니께 피아노를 가르쳐 드립니다 .
	我教母親鋼琴。
	② 受詞 (N 을 / 를) 的起點
	처음 한국에 왔을 때 선생님께 도움을 많이 받았습니다 .
	我第一次來韓國時，受到老師很大的幫助。

께서	※ 為「이 / 가」的敬語
	① 主詞
	할아버지께서 직접 심으신 나무입니다 .
	這是爺爺親自種的樹木。

과 / 와	跟
	① 人跟事物對等連接
	설탕과 레몬을 같이 넣으면 옷이 부드러워집니다 .
	把糖跟檸檬一起放下去的話,衣服會變得柔軟。
	② 一起做的人
	친구와 자주 연락을 합니다 .
	我經常跟朋友連絡。
	③ 比較的對象
	형은 옛날과 많이 다릅니다 .
	哥哥跟以前很不一樣。

ㄴ / 은 / 는	※ ㄴ是縮寫,會在口語中使用。 (例:「저는我」➔「전我」、「주말에는週末」➔「주말엔週末」)
	① 主題
	눈은 한번 나빠지면 다시 좋아지기 힘듭니다 .
	眼睛一旦變糟,就很難再變好。
	② 強調
	주말에는 다양한 음악 공연을 볼 수 있습니다 .
	週末可以看到各式各樣的音樂演出。

도	也
	① 追加
	길이도 짧지 않아서 좋습니다 .
	長度也不短,所以不錯。
	② 極端
	건강에도 안 좋잖아요 .
	對健康也不好啊。

들	們
	① 表示句子的主詞是複數
	요즘 입학 때라 많이들 만드시네요 .
	最近是入學的時期，很多人做呢。
ㄹ / 을 / 를	※ ㄹ是縮寫，會在口語中使用。 （例：「무엇을什麼」「뭘什麼」、「어디를哪裡」「어딜哪裡」）
	① 對象
	요즘 피아노를 배우고 있어요 .
	我最近在學鋼琴。
	② 受詞
	아빠가 몸이 안 좋아서 병원을 다니세요 .
	爸爸身體不好，所以會去醫院。
	③ 移動的起點
	고향을 떠나 서울로 왔습니다 .
	我離開故鄉，來到了首爾。
	④ 移動中的該場所
	주말마다 서울 여기저기를 다닙니다 .
	我每個週末會在首爾到處逛。
	⑤ 移動的目的
	다음주에 이사를 갑니다 .
	我下週會搬家。
마다	每
	① 各個都
	사람마다 모두 다른 목소리와 얼굴 모양을 가지고 있습니다 .
	每個人都有不一樣的聲音跟臉。
	② 重複
	겨울이 되면 주말마다 스키를 타러 갑니다 .
	我一到冬天，每個週末都會去滑雪。

만	只
	① 唯一
	오랫동안 생각만 하고 빨리 결정하지 못합니다 .
	我只想了許久，卻無法快速做出決定。
	② 最低標準
	하루에 세 시간씩만 일하면 돼요 .
	一天只要工作三小時就可以了。
	③ 最低條件
	이 노래만 들어도 눈물이 날 것 같아요 .
	只要聽到這首歌，眼淚就快流出來了。
밖에	以外
	① 唯一
	한 번밖에 안 읽어서 깨끗합니다 .
	我只看過一次，所以很乾淨。
보다	比
	① 比較的對象
	어릴 때는 그 나무가 저보다 작았는데 지금은 저보다 큽니다 .
	小時候那棵樹比我矮，現在卻比我高了。
부터	從
	① 範圍或順序的起點
	오후부터 비가 왔습니다 .
	雨從下午就開始下了。
서	裡 (為「에서裡」的縮寫)
	① 行為或發生的場所
	거기서 사람들의 머리를 예쁘게 잘라 줍니다 .
	那裡會幫人把頭髮剪得很漂亮。

② 起點

여기서 출발하면 20 분쯤 걸립니다 .

從這裡出發的話，大概會花 20 分鐘。

③ 主詞

혼자서 필요한 물건을 잘 고르지 못합니다 .

我不太會選我自己需要的東西。

※ 可以跟表示人數的話語結合，如「혼자서獨自」、「둘이서兩人」、「셋이서三人」。

에

在

---

① 場所或位置

입구에 사진기 맡기는 곳이 있습니다 .

入口有可以寄放相機的地方。

이 아파트에 살아요 ?

你住在這個公寓嗎？

② 目的地

저는 게임 회사에 다니고 있습니다 .

我在遊戲公司上班。

③ 行為或感情的對象

호텔을 예약하고 싶은 외국인은 여기에 전화하면 됩니다 .

想預約飯店的外國人可以打電話到這裡。

저는 요즘 춤에 관심이 생겼습니다 .

我最近對跳舞產生了興趣。

④ 時間

아침에 커피 마셨어요 ?

你早上有喝咖啡嗎？

⑤ 單位

저는 일주일에 한 권씩 책을 읽기로 했습니다 .

我決定一週看一本書。

⑥ 原因

저는 나무 때문에 이사를 갈 수 없습니다 .

我因為樹木的關係無法搬家。

에게

對於

① 受詞 (N 을 / 를) 的受益者

엄마는 아이에게 선물을 주었습니다 .

媽媽給孩子禮物。

② 受詞的起點

남자는 여자에게 책을 빌렸습니다 .

男人借書給女人。

※「받다收 / 배우다學 / 빌리다借」在句子中可以換成「에게서」使用。

에게서

從

① 受詞 (N 을 / 를) 的起點

한국에 계시는 아버지에게서 소포가 왔습니다 .

我從住在韓國的父親那裡收到了包裹。

※ 雖然可以省略「서」使用，但意思可能會不夠清楚。

에서

在

① 行為或發生的場所

한옥에서 차를 마시고 잠도 잤어요 .

我在韓屋裡喝茶睡覺。

② 起點

집에서 회사까지 걸어 다녀야 합니다 .

我必須從家裡走到公司。

③ 主詞 (團體或國家)

학생회에서 알립니다 .

學生會通知您。

요

① 敬語

기타가 자꾸 보이니까 , 연습하는 걸 잊지 않겠지요 ?

經常看到吉他，就不會忘記練習了吧？

음 , 방학 계획요 ?

嗯，放假計畫嗎？

(으) 로

① 方向

외국으로 물건을 보내고 싶은데요 .

我想寄東西到國外。

② 手段、道具、方式

수업 시간에는 한국어로 이야기해야 합니다 .

上課時間必須用韓語交談。

모두 행복한 얼굴로 사진을 찍었습니다 .

大家都用幸福的表情照了相。

③ 재료 材料

친구는 종이로 컵을 만듭니다 .

朋友用紙做了杯子。

④ 身分或資格

그래서 많은 사람들이 저를 보면 동생으로 생각합니다 .

所以很多人看到我以為是弟弟／妹妹。

⑤ 變化的結果

이곳을 차 없는 거리로 만든 것입니다 .

這個地方是由無車道形成的。

⑥ 原因或理由

오늘 저희 아이가 감기로 학교에 못 갔어요 .

今天我的孩子因為感冒沒能去學校。

⑦ 選擇或決定

이걸로 주세요 .

請給我這個。

저녁에 친구와 같이 운동을 하기로 했습니다 .

我決定晚上跟朋友去運動。

의

的

① 所有

라면의 소금은 보통 국물을 만드는 스프에 있습니다 .

泡麵的鹽通常會在做湯汁的調味包中。

② 屬性

요즘 마트에 특별한 색의 토마토들이 많습니다 .

最近超市有很多特別顏色的番茄。

③ 行為的對象 （「A 的 B」中 A 是 B 的對象）

전화의 이용 시간은 24 시간입니다 .

電話的使用時間是 24 小時。

이 / 가

① 主詞

오늘 날씨가 좋습니다 .

今天天氣好。

② 變化 / 否定 / 感情的對象

저는 부자가 되고 싶습니다 .(변화의 대상)

我想變成有錢人。 （變化的對象）

아니요 . 저는 대학생이 아닙니다 .(부정의 대상)

不，我不是大學生。 （否定的對象）

고양이가 너무 귀여워요 .(감정의 대상)

貓咪太可愛了。 （感情的對象）

(이) 나

① 陳列或選擇

청소할 때나 공부할 때 음악을 자주 듣습니다 .

我在打掃或讀書的時候經常聽音樂。

② 沒誠意、次要的選擇

배고픈데 라면이나 먹을까요 ?

好餓，不如吃個泡麵吧？

이다

是

① 敘述

저는 학생이고 언니는 회사원이에요 .

我是學生，姐姐則是上班族。

(이) 라고

① 引用

한국에서는 아르바이트를 간단히 '알바'라고 합니다 .

在韓國會把「아르바이트 (打工)」簡單地稱作「알바」。

처럼

像

① 類似

저는 친구처럼 노래를 잘하고 싶습니다 .

我想像朋友一樣很會唱歌。

하고

跟

① 人或事物的對等連接

라면하고 떡볶이를 먹을 거예요 .

我要吃泡麵跟辣炒年糕。

② 在一起的人

저는 가족들하고 여행 가려고 해요 .

我想跟家人一起去旅行。

③ 比較的對象

회의 시간은 어제하고 같아요 .

會議時間跟昨天相同。

한테

對 (主要用在口語)

① 受詞 (N 을 / 를) 的受益者

동생한테 편지를 써요 .

我寫信給弟弟／妹妹。

의자가 우리 아이한테 너무 높지 않을까요 ?

椅子對我的孩子來說太高了吧？

② 受詞 (N 을 / 를) 的起點

친구한테 수영을 배우고 있어요 .

我想跟朋友學游泳。

※ 如句子中有「받다收 / 배우다學 / 빌리다借」,「한테」可以換成「한테서」使用。

한테서

從（主要在口語使用）

① 受詞（N 을 / 를的起點）

이사 간 친구한테서 편지를 받고 너무 기뻤어요 .

我從搬家的朋友那裡收到信，非常開心。

※ 雖然可以省略「서」使用，但意思可能會不夠清楚。

這本書共收錄了 27 種接尾詞，其中像是 - 장（場）、- 관（館）、- 기（機）、- 회（會）等 23 種接尾詞都有在第一章詞彙篇中的〈名詞〉篇裡介紹到，諸如경기장（體育場）、대사관（大使館）、사진기（相機）、전시회（展覽）等單字，因此這邊將介紹剩下的 4 種接尾詞。

쯤	約，表示「大約、左右」之意。
	버스로 한 시간쯤 걸려요 . 搭公車約會花一小時。
씩	各，為「分成該數量或大小」之意。※ 會接在表示數量的話語之後。
	제가 작은 일부터 하나씩 결정해 보려고 합니다 . 我想從小事開始一個個決定。
님	「尊稱」之意。※ 會接在表示職位或身分的一部份名詞後面。
	팀장님 , 행사장 준비는 다 끝났는데요 . 組長，活動場地的準備都完成了。
	其他例子：사장님（老闆）、과장님（科長）、김 대리님（金代理）、작가님（作家）
들 [03]	們，為「複數」之意。
	이 물건들 버리시는 거예요 ? 你要把這些東西丟掉嗎？

名詞

近義詞是指雖然字（話）不同，但意思互相有類似關聯的單字。代表性的有「父親 - 爸爸」、「村落 - 社區」等，都是互相有同義詞關係的單字。

가격 vs 값　價格

① 用錢來表示物品價值時，「가격價格」或「값價格」都可以使用。（price）

- 요즘 컴퓨터 한 대에 가격 / 값이 얼마나 해요？
  最近一台電腦價格（가격 / 값）是多少？

- 이 식당의 음식은 값 / 가격도 싸고 맛도 있어 손님들에게 인기가 많습니다.
  這個餐廳的食物價格（값 / 가격）便宜、好吃，很受客人歡迎。

② 有「收費」或「費用」的意思時，會使用「값」。（fee、cost）

- 밥을 먹고 음식값은 직접 통에 넣으면 됩니다.
  飯後直接把食物費用放進桶子就可以了。

- 이번달엔 책값으로 20 만원이나 써서 돈을 아껴야 해요.
  這個月我花了 20 萬韓元在書費上，錢要省著用了。

③ 即使是類似的意思，通常「가격」跟漢字詞、「값」跟固有詞一起使用會較為自然。

- 주택 (住宅) 가격 – 집값
  住宅價格 - 房價

가운데 vs 중간 vs 사이　中間 vs 中間 vs 之間

① 「가운데中間」、「중간中間」、「사이之間」是指空間或時間的某種內部或中央支點。
「가운데」只用在空間，「중간」跟「사이」則是時間空間都可使用。

- 어머니는 밥상 가운데에 찌개를 올려 놓으셨습니다 .

  母親在飯桌中間放上湯。 （가운데中間：空間）

- 집에서 학교 가는 길 중간에서 친구를 만났습니다 .

  我在從家去學校的路途中遇到了朋友。 （중간中間：空間）

- 발표하는 중간에 갑자기 할 말을 잊어버렸습니다 .

  我在發表的途中突然忘了要說的話。 （중간中間：時間）

- 지구와 달 사이의 거리는 385,000km 쯤 됩니다 .

  地球跟月球之間的距離大約是 385,000km。 （사이之間：空間）

- 그렇게 많은 일을 하룻밤 사이에 다 했어요 ?

  你在一個晚上之間就全做了這麼多的工作？ （사이之間：時間）

② 為方便起見，在此針對 3 個單字來做「空間上」的比較。

下＜圖＞中，「가운데中間」是距離 A 跟 B 兩邊幾乎相同長度的部分，「중간中間」則是意味著比「가운데」要稍微寬的地點。「사이之間」則是以 A 到 B 之間的空間為基準，起點跟終點很明確。因此，「가운데中間」範圍窄、明確，「중간中間」則較不明確但廣，「사이之間」則是在空間上最大的概念。

③ 不過像＜圖＞湖水上的船一樣在較為模糊的位置時，會使用「가운데中間」。也就是說，若是在「강河 / 호수湖 / 바다海 / 길路」等，沒有明確基準來表達位置的空間時，會使用「가운데中間」。

- 호수 가운데에 배 한 척이 있어요 .

  湖中間有一艘船。

건물 vs 빌딩　建築 vs 大樓

① 「건물建築」是指人住的房子、工作的公司，以及倉庫或工廠等所有種類的房子。

- 서울에는 높은 건물도 많고 자동차도 많습니다 .
  首爾有很多高的建築，也有很多汽車。

- 우리 학교 건물은 지은 지가 벌써 50 년이 넘었어요 .
  我們學校的建築已經超過 50 年了。

② 「빌딩」（Building）主要是指有很多公司辦公室的高大建築。因此，「건물」的使用範圍較「빌딩」廣。

- 우리 회사는 저기 우체국 건물 뒤에 있는 하얀색 빌딩입니다 .
  我們公司是那邊郵局建築後面的白色大樓。

계란 vs 달걀　雞蛋

「계란」（鷄卵）是漢字詞，「달걀」則是「닭 雞 + 알 蛋」組成的固有詞。實際上在韓語中，「달걀」的使用頻率比「계란」多三四倍。不過，用雞蛋為材料做的料理名稱會使用「계란」，如「계란말이煎蛋捲 / 계란빵雞蛋糕 / 계란찜蒸蛋」。

- 오늘 점심은 삶은 달걀 하나와 우유 한 잔입니다 .
  今天午餐是一個水煮蛋跟一杯牛奶。

- 이 식당에 오면 반드시 계란찜을 주문해서 먹습니다 .
  我來這個餐廳一定會點煎蛋捲來吃。

극장 vs 영화관　劇場 vs 電影院

「극장劇場」是指可進行舞台劇、舞蹈、音樂等演出跟電影的多用途設施。而「영화관電影院」則是指上映電影的場所。在說看電影的設施時，則「극장」或「영화관」

都可以使用。

- 대학로 소극장에 가면 재미있는 연극을 골라 볼 수 있습니다 .

  去大學路的小劇場可以挑選有趣的舞台劇來看。

- 아침에 할인을 해 주는 영화관에서 싸게 영화를 봤습니다 .

  我在早上有打折的電影院裡便宜地看了電影。

동네 vs 마을　社區 vs 村莊

兩個單字都意指許多房子集中住在一起的地方。

① 「동네社區」（詞源 : 洞內）是以個人為中心，指稱自己住的地方周圍，界線不明確。

- 우리 동네는 조용하고 깨끗해서 살기 좋아요 .

  我們社區很安靜、乾淨，所以住起來很不錯。

② 「마을村莊」是許多人住在一起的感覺，共同體意義更為強烈，一般會用行政區域單位來區分界線，所以就有如「마을 회관社區會館」、「마을 버스社區巴士」這樣的單字。此外，「마을」在說比都市還鄉下的地方時經常使用，「동네」則無特別區分，都可使用。

- 우리 동네에는 지하철역까지 다니는 마을 버스가 없어요 .

  我們社區沒有到地鐵站的社區巴士。

- 우리 마을에도 곧 아파트가 생깁니다 .

  我們村子也很快就會有公寓大樓了。

모습 vs 모양　模樣

「모습」跟「모양」(模樣) 是描述人、事物或現象的型態或狀況的單字。

① 固有詞「모습」描述整體輪廓或狀況、痕跡。一般來說，固有詞指稱的範圍會較大一點，也比較抽象。

- 사람들의 웃는 모습을 찍습니다 .

  我把人們笑的樣子照下來。

- 한국인의 생활 모습을 소개하는 책이에요 .

  這是介紹韓國人生活樣貌的書。

② 漢字詞「모양」則是大致上在表達或比喻具體外型時使用。漢字詞的範圍通常較有限，且較為具體。

- 머리 모양이 이게 뭐예요 ？

  頭髮模樣這是怎麼回事？

- 이 케이크는 토끼 모양을 하고 있네요 .

  這個蛋糕是兔子的模樣呢。

성인 vs 어른 　成人 vs 大人

「성인成人」是指滿 19 歲（註：韓國年齡）以上的男女。相反地，「어른大人」則是意指有安定的工作或已婚有責任感的成人。簡略來說，「성인成人」是法定上的概念，「어른大人」則是社會觀念上的定義。一般來說，20 歲後期～ 30 歲初期才會就職跟結婚，因此「성인成人」跟「어른大人」至少有 10 年以上的年齡差異。

- 이제 대학생이니까 성인표를 사야 겠네요 .

  現在是大學生了，所以得買成人票了。

- 결혼을 해야 진짜 어른이 되는 거지 .

  要結婚才會成為真正的大人。

안 vs 속 　裡

「안裡」跟「속裡」在指空間的內部時是類似的意思，但根據該內部是否有空位而有所差異。

① 「안裡」是以界線為基準，內部有空位的空間。而界線的外部就是「밖外」。

- 냉장고 안에 먹을 게 뭐가 있어요？

  冰箱裡有什麼吃的？

② 「속裡」是「겉外」的內部，意指填滿無空位的空間。

- 사과 속에 씨가 있어요.

  蘋果裡面有籽。

③ 在說抽象空間的某種現象、狀況或事情的內部時，會用「속裡」。

- 그건 드라마 속에서나 가능한 이야기 같아요.

  那好像是連續劇裡才有可能的事情。

음료 vs 음료수　飲料

① 「음료飲料」是人可以喝的液體的統稱。這裡包含了飲用水、果汁、咖啡、酒、運動飲料、碳酸飲料、牛奶等等。在一般書面體或新聞之類的官方文章中比較常使用。

- 날씨가 갑자기 더워지면서 시원한 음료를 찾는 사람들이 늘었습니다.

  天氣突然變熱，想喝冰涼飲料的人增加了。

② 「음료수飲料水」則是指（가）喝的水 &（나）解渴或讓人感覺到味道而製成的液體，酒不包含在內。

- （가）산에서 내려오는 깨끗한 물을 음료수로 사용하고 있습니다.

  飲料是使用從山上流下來的淨水。

- （나）치킨 먹을 때 가장 좋은 음료수는 콜라예요.

  吃炸雞的時候最棒的飲料就是可樂了。

잔치 vs 파티　宴會 vs 派對

「잔치」跟「파티」（Party）的共通點就是人們為了某種目的準備料理或飲料，並開心地一起分享的聚會。

① 「잔치宴會」大致上是指在「生日宴會、婚宴、花甲宴」之類傳統上重要的日子，或需特別慶祝的日子（在奧運獲得金牌或是國家考試合格等）舉辦的較大規模的聚會。

- 손자가 올림픽에서 금메달을 땄다는 소식을 듣고 할아버지는 동네 잔치를 열기로 하셨습니다.
  聽到孫子在奧運拿到金牌的消息，爺爺決定在社區舉辦宴會。

② 「파티派對」是為了紀念某種事情的社交聚會，使用意義比「잔치宴會」廣，無關規模的大小。可以使用在「생일파티生日派對」、「송별파티歡送派對」、「졸업파티畢業派對」、「신입생 환영 파티歡迎新生派對」、「피자파티披薩派對」等。「파티派對」是來自英語的外來語，像「피자 파티 (pizza party) 披薩派對、와인 파티 (wine party) 紅酒派對、크리스마스 파티 (Christmas party) 聖誕派對」等都是外來語。

- 수업이 끝난 후에 작은 피자 파티가 있습니다.
  課程結束後有個小小的披薩派對。

③ 「잔치宴會」跟「파티派對」一般來說可以同下方使用。

	생일 生日	결혼 結婚	회갑 花甲	동네 社區	송별 歡送	졸업 畢業	환영 歡迎	피자 披薩
잔치 宴會	○	○	○	○	×	×	×	×
파티 派對	○	○	×	×	○	○	○	○

참가 vs 참여 vs 참석　參加

這三個單字都是有漢字「參」的漢字詞。這些單字都是動作性的名詞，因此經常會用「~에 참가하다 / 참여하다 / 참석하다 參加」，以動詞型態使用。下面將介紹簡單區分方法。

① 「참가」（參加）主要用於有比賽或活動等具體資格（選手等），並一同進行的意思。

• 2017 유니버시아드 (세계 대학생 체육 대회) 에는 144 개 나라가 참가했습니다 .
2017 Universiade（世界大學運動會）有 144 個國家參與。

② 「참여」（參與）是指對公共的儀式或活動的過程有幫助或關心。

• 혼자 사시는 할머니들을 돕는 봉사 활동에 참여하고 있어요 .
我正在參與協助獨居奶奶們的志工活動。

③ 「참석」（參席）可以從漢字「席」看出，是指去會議或活動坐在位子上的意思。

• 콘서트에 참석해 주신 여러분께 깊이 감사드립니다 .
非常感謝參與演唱會的各位。

• 교수님은 국제 회의 참석을 위해 오늘 홍콩에 가세요 .
教授今天去香港參與國際會議。

④ 根據一起參與的聚會或場所，可區分如下表。

	올림픽 奧運	(말하기 演說) 대회 比賽	(봉사 志工) 활동 活動	투표 投票	회의 會議	(가족 家族) 모임 聚會	결혼식 婚禮
참가 (參加)	○	○	×	×	×	×	×
참여 (參與)	×	×	○	○	×	×	×
참석 (參席)	×	×	×	×	○	○	○

놓다 vs 두다　放

① 「놓다 放」 和 「두다 放」 一般會以同樣的意思使用。

- 어머니는 식탁 위에 야채를 **놓았습니다** . (○)
  母親把蔬菜放在餐桌上。

- 어머니는 식탁 위에 야채를 **두었습니다** . (○)
  母親把蔬菜放在餐桌上。

② 「놓다 放」 是動作的過程，「두다 放」 是動作的開始也是結束，因此 「두다 放」 不能跟時間的經過一起使用。

- 어머니는 식탁 위에 야채를 **놓는 중입니다** . (○)
  母親正在把蔬菜放到餐桌上。

- 어머니는 식탁 위에 야채를 두는 중입니다 . (×)
  母親正在把蔬菜放到餐桌上。

- 어머니는 식탁 위에 야채를 **천천히 놓았습니다** . (○)
  母親把蔬菜慢慢放到餐桌上。

- 어머니는 식탁 위에 야채를 천천히 두었습니다 . (×)
  母親把蔬菜慢慢放到餐桌上。

③ 「두다 放」 有動作結束後，該狀態仍持續的感覺。如果將它解釋成東西擱置在某處許久的意思，會更為自然。

- 계단에 **둔** 자기 물건은 목요일 밤까지 모두 가져가 주시기 바랍니다 .
  請在星期四晚上前將自己放在階梯上的物品全部帶走。

- 기타를 잘 치려면 기타를 잘 보이는 곳에 **두세요** .
  如果想要彈好吉他，請將吉他放在很容易就看到的地方。

불다 vs 부르다　吹 vs 呼叫

可以試著仔細觀察「불다」跟「부르다」這兩個單字，若將單字的詞幹「불（ㅂㅜㄹ）、부르（ㅂㅜㄹㅡ）」分開來看，會發現兩者共通的部分是「불」。

「불다」跟「부르다」的意思與「風或呼吸之類的空氣流動或是移動」相關。如果覺得難記，可以記住英語「blow」，[불] 的發音跟 [bl] 幾乎一樣。

① 「불다」主要是製造「風、呼吸」的動作。

- 바람이 불기 시작합니다 .
  風開始吹了。

- 우리는 휘파람을 함께 불면서 길을 걸었습니다 .
  我們一起邊吹口哨邊走路。

② 「부르다」是發出「話語、歌曲」等有具體意義的聲音的動作。

- 어머니가 불러 준 노래를 지금도 잊을 수 없습니다 .
  我到現在還無法忘記母親唱給我聽的歌曲。

- 경기를 보면서 선수의 이름을 크게 불렀습니다 .
  我邊看比賽，邊大聲叫喚選手的名字。

- 사람이 다쳐서 119 를 불렀습니다 .
  有人受傷了，所以我叫了 119。

바람이 불다 風吹

휘파람을 불다 吹口哨

노래를 부르다 唱歌

아끼다 (動詞) vs 아깝다 (形容詞)　珍惜 vs 可惜

「아끼다珍惜」跟「아깝다可惜」有著共同的詞源。這些話語與對於珍貴的人或物品等的態度或感情有關。

① 「아끼다珍惜」是指對於珍貴的對象節省或擁有感情的行為。

- 시간을 아끼려고 회사 식당에서 아침을 먹습니다.
  為了節省時間，我在公司餐廳吃早餐。

- 아이는 강아지를 자기 가족처럼 아꼈습니다.
  孩子珍惜小狗如自己的家人一樣。

② 「아깝다可惜」是指對於珍貴對象的難過、珍惜、惋惜之類的感情。

- 그동안 낸 돈이 너무 아깝네요.
  過去這段時間花的錢真不值。

- 버리기 아까운 책들은 후배에게 줄 겁니다.
  我會將捨不得丟掉的書給學弟妹。

- 이 경치는 혼자 보기 너무 아깝습니다.
  這個風景自己看太可惜了。

잘하다 vs 못하다 vs 잘 못하다　做得好 vs 做不好 vs 不太會做

這些表達是在說能力或是熟練度的差異。「잘하다做得好」是指某件事做得很優秀或很熟練的動詞；「못하다做不好」則是相對於「잘하다做得好」的動詞；「잘 못하다不太會做」 是指雖然不是完全做不到，但是尚未熟練。

- (가) 저는 공부를 잘합니다. 我很會讀書。
- (나) 저는 공부를 못합니다. 我不會讀書。
- (다) 저는 공부를 잘 못합니다. 我不太會讀書。

→ （가）一般來說可能是成績在前段班的學生，（나）是成績在後段班的情況，（다）則是雖然不是完全不會讀書，但大概在中段班的程度。

잘 하다 vs 못 하다　好好地做 vs 無法做

這些表達是在某種狀況中，充分地做某件事或無法做某件事時使用。

「잘 하다好好地做」是將副詞「잘很好地」跟「하다做」連接使用，可以解釋成「（按照計畫）充分地、滿足地做」，跟「잘하다」完全無關。「잘 하다」的相對表達則是「못하다無法做」，表示狀況不允許、不可能的意思。

(A) 공부 잘 하고 왔니 ? 你好好地讀書了嗎？

(B) 아니요 . 오늘 좀 피곤해서 공부 못 했어요 . 沒有，今天有點累，所以沒能讀書。

지내다 vs 보내다　過 vs 度過

「지내다過」跟「보내다度過」的區分在於不及物動詞跟及物動詞的差異。

~ 을 / 를 지내다（✕）＼ ~ 을 / 를 보내다（○）

① 「지내다過」跟「보내다度過」都是對於「時間的經過」上使用的同義詞。

• 지난달에는 크고 작은 일들이 많아서 바쁘게 지냈어요 / 보냈어요 .
上個月有很多大大小小事情，所以很忙碌地度過了。

② 「지내다過」和「살다活」一樣，一般是跟「生活、居住」相關的不及物動詞一起使用，因此不能使用受詞。所以主要會像下面的例句一樣使用。

• 요즘 어떻게 지내세요 ?
最近過得如何？

• 건강히 잘 지내고 있습니다 .
我過得很健康。

③ 相反地，「보내다度過」是以特定的時間為對象來使用該時間的及物動詞。主要會跟期間或時間相關的名詞（受詞）一起使用。

• 방학을 좀 특별하게 보내고 싶어서요 .
因為我想特別地度過假期。

- 가족들과 즐거운 시간 보내십시오 .

  請跟家人度過愉快的時光。（→原為「시간을」，省略掉助詞「을」）

- 저는 휴가 때마다 항상 집에서 책을 읽거나 잠을 자면서 보내요 .

  我假日總是在家裡讀書或睡覺度過。（→可以想成是「휴가를」）

※ 特別注意過往 TOPIK Ⅰ 的考題中，下列句子在語法上並不正確。

例句：저는 친구와 함께 휴일을 지내고 싶습니다 .（×）

我想跟朋友一起度過假日。

形容詞

건강하다 vs 튼튼하다　健康的 vs 堅固的

當漢字詞跟固有詞互為近義詞時，一般來說固有詞使用的意義範疇較廣，漢字詞則較有限制。我們可以用漢字詞「건강하다健康的」跟固有詞「튼튼하다堅固的」來當作例子。

① 「튼튼하다堅固的」意指強又堅韌的狀態。主要跟外型上的堅固有關。可以用在物品、人、組織、想法等四個領域上。

② 「건강하다健康的」是指沒生病、不會不舒服的狀態。不能用在物品上，但可用在人、組織、想法上。若是用於組織或想法，則意指健全的狀態。

- 튼튼한 가방을 하나 샀습니다.
  我買了一個堅固的包包。
- 건강한 가방을 하나 샀습니다. (X)
  我買了健康的包包。(X)

- 회사가 튼튼하니까 열심히 일할 수 있습니다.
  公司很穩固，所以我才可以認真工作。
- 건강한 사회를 위해 노력합시다.
  一起為了健全的社會努力吧。

- 형은 튼튼 / 건강해서 병원에 가 본 적도 없습니다.
  哥哥很結實 / 健康，所以沒去過醫院。
- 나무가 튼튼 / 건강하게 잘 자랍니다.
  樹木很結實 / 健康地成長了。

- 그는 정신력이 튼튼합니다.
  他的意志很穩固。
- 건강한 신체에 건강한 정신이 생깁니다.
  健康的身體會產生健全的心智。

미안하다 vs 죄송하다　對不起 vs 抱歉

兩個單字都是在對他人道歉或尋求諒解時使用的表達。

「미안하다」的미안（未安）是給別人造成不便，而心裡感到不舒服的意思。「죄송하다」的죄송（罪悚）則是如同犯了罪而感到害怕，比「미안하다」更慎重，道歉的意義也更強烈。

「미안하다對不起」跟「죄송하다抱歉」根據失禮程度跟對象，可以區分成下列三種類型並使用。

失禮、失誤的程度	① 朋友、家人、下級	② 同事	③ 上級、客人、公共場合
少	미안하다對不起	미안하다對不起	죄송하다抱歉
多	미안하다對不起	죄송하다抱歉	죄송하다抱歉

① 對親近的朋友、家人、下級，只會用「미안하다對不起」。

- 아빠가 약속을 못 지켜서 미안해 .
  爸爸沒能遵守約定，對不起。

- 지난번에 화를 낸 일은 미안했어 .
  我上次生氣的事，對不起了。

② 同事間根據狀況，「미안하다對不起」跟「죄송하다抱歉」都可以使用。

- 늦어서 미안합니다 .
  我遲到了，對不起。

- 영수 씨 , 밤늦게 죄송한데요 . 회의 자료 좀 이메일로 보내 줄 수 있어요 ?
  英洙先生，這麼晚了很抱歉。你可以用 email 寄會議資料給我嗎？

③ 對上級或客人必須使用「죄송하다」。不過若是無關年齡跟地位的多數人聚集的公共場合，使用「죄송하다」感覺起來會較為慎重。

- 선생님 , 죄송하지만 다시 한 번 더 설명해 주실 수 있어요 ?
  老師不好意思，您可以再說明一次嗎？

- 죄송합니다 . 손님 , 지금 다섯 시 표는 없습니다 .
  客人不好意思，五點的票已經沒了。

편하다 vs 편리하다 vs 편안하다　舒服的 vs 便利的 vs 安穩的

편하다（便하다）、편리하다（便利하다）、편안하다（便安하다）全部都有漢字「便」的意義在裡面。「편하다舒服的」擁有「편리하다便利的」跟「편안하다安穩的」兩個單字的意義。即是說，可以想成是「편하다＝편리하다＋편안하다」。因此，只要確認「편리하다便利的」跟「편안하다安穩的」的意義即可。

① 「편리하다便利的」是指使用物品或場所時，覺得實用跟有幫助的意思。

- 우리 집 앞에는 지하철역과 버스 정류장이 있어서 교통이 편리해요 (편해요).
  我們家前面有地鐵站跟公車站，交通很便利。

- 이 가방은 가벼워서 여행할 때 가지고 다니기 편리해요 (편해요).
  這個包包很輕，所以旅行時帶著很便利。

② 「편안하다安穩的」是指身體或心理愜意跟愉快的狀態。

- 저녁 식사에는 편안한 (편한) 옷을 입고 오시면 됩니다 .
  晚餐穿舒適的衣服來就可以了。

- 저는 구두보다는 발이 편안한 (편한) 운동화를 자주 신습니다 .
  我比起皮鞋，更常穿讓腳舒適的運動鞋。

③ 「편하다舒服的」的相反詞是「불편하다不便的」（不便하다）。在覺得不便利或不舒服時都可使用。

- 집에서 지하철역이 멀어서 교통이 불편합니다.
  家裡到地鐵站很遠，所以交通不方便。

- 저는 구두는 불편해서 자주 신지 않습니다.
  我覺得皮鞋不方便，所以不常穿。

副詞

같이 vs 함께 ── 一起

- 가족들과 함께 / 같이 한집에 살고 있습니다 .
  我跟家人一起 (함께 / 같이) 住在同一個房子。

- 이 과자는 커피와 함께 / 같이 먹으면 더 맛이 좋습니다 .
  這個餅乾跟咖啡一起 (함께 / 같이) 吃的話更好吃。

- 양념과 함께 / 같이 잘 섞으세요 .
  請跟調味料一起 (함께 / 같이) 混和均勻。

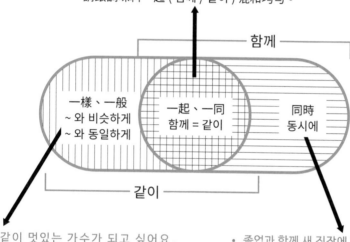

- BTS(와) 같이 멋있는 가수가 되고 싶어요 .
  (BTS 처럼 멋있는 기수가 되고 싶어요 .)
  我想成為跟 BTS 一樣帥氣的歌手。(我想成為
  像 BTS 一樣帥氣的歌手。)

- 어제 말씀 드린 것과 같이 오늘 방문해도 되겠습
  니까 ? (어제 말씀 드린 것처럼 오늘 방문해도 되
  겠습니까 ?)
  我可以和昨天跟你說的一樣今天過去拜訪嗎 ?
  (我可以像昨天跟你說的一樣今天過去拜訪
  嗎 ?)

- 졸업과 함께 새 직장에 다니게 되었습니다 .
  我畢業的同時,也進入了新職場。

먼저 vs 우선　先

① 是「時間或順序上在前」的意思。在有時間性的程序或過程的事情上都可以使用。

- 먼저 배추를 다듬고 절여 둬야 합니다.
  要先把大白菜處理過後再醃製。

- 우선 배추를 다듬고 절여 둬야 합니다.
  要先把大白菜處理過後再醃製。

② 「먼저」會在有理所當然的時間性先後的事情上使用。

- 우리는 쌍둥이인데 먼저 태어난 대한이가 형이 되었습니다.
  我們是雙胞胎，先出生的大韓是哥哥。

- 버스 왔어요. 그럼 저 먼저 갈게요.
  公車來了，那我先搭了。

- 할아버지가 먼저 드시고 너희들이 그 다음에 먹는 거야.
  爺爺先吃後，你們再吃。

③ 「우선」會在根據狀況判斷而決定隨機順序的事情上使用。

- 이 일은 오늘까지 끝내야 하는 거지요? 그러니까 우선 이 일부터 해요.
  這個工作今天以前要結束吧？那麼就先從這個工作開始。

- 우선 네가 미국으로 떠나는 게 좋겠다.
  你先去美國好了。

아까 vs 방금 (금방馬上)　剛才 vs 剛剛

「아까」跟「방금 (方今) / 금방 (今方)」是用來指稱接近的過去的時間表達。不過兩種表達有時間性的差異。

「방금 (금방)」是以說話時為基準的剛剛之前，「아까」指的則比「방금 (금방)」再更之前。此外，「아까」只能在說話的當天使用。

방금剛剛 (금방馬上)：以說話時為基準的剛剛之前。

아까剛才：比「방금 (금방)」再更之前的時間點。

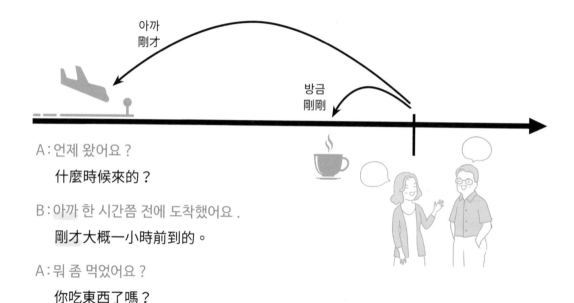

A : 언제 왔어요 ?
　　什麼時候來的 ？

B : 아까 한 시간쯤 전에 도착했어요 .
　　剛才大概一小時前到的。

A : 뭐 좀 먹었어요 ?
　　你吃東西了嗎 ？

B : 아니요 . 방금 커피 한 잔 마셨어요 .
　　還沒。剛剛喝了杯咖啡。

이따나 vs 나중에   待會 vs 之後

① 「이따가待會」是「過了一下之後」，「나중에之後」則是「얼마의 시간 후에（多少時間之後）」的意思，區分上較不容易。

「이따가待會」是指在很接近的未來，快的話一分鐘後，晚的話今天以內，該事情一定會發生。

- 이따가 점심 먹고 얘기 좀 해요 .
  待會吃午餐的時候聊一下吧。

- 병원은 이따가 퇴근하고 가려고 합니다 .
  我待會下班後打算去醫院。

② 「나중에之後」的詞源是「乃終」。它有「順序上最後面」的意思，所以是以在那之前有要做的事情為前提。

- 먼저 이 일을 끝내고 그건 나중에 하겠습니다 .
  我先把這個工作結束，那個之後再做。

- 젊을 때 열심히 일하지 않으면 나중에 후회하게 될 겁니다 .
  如果年輕時不努力工作，之後會後悔的。

③ 因此一般來說，「나중에之後」在更遠的未來或不確定的未來中會比「이따가待會」更常使用。另外像是下方例句中使用到助詞「이나（較沒誠意的選擇）」的情況，則表示該事實現的可能性較小。

- 나중에 언제 한번 밥이나 같이 먹어요 .
  之後哪天再一起吃頓飯吧。

지금 vs 이제　現在

「지금現在」跟「이제現在」都是跟「就是此刻」，即「目前」相關的表達。

① 「지금現在」是指說話當下的此刻。

- 지금 돈이 없어요.

  現在沒錢。

② 「이제現在」是指跟之前狀況中斷後（狀況有差異）的此刻。

- (가) 이제 돈이 없어요.

  我現在沒錢了。

- (나) 푹 쉬어서 이제 괜찮아요.

  我有好好休息過，所以現在沒事了。

（가）是指在此之前都有錢，但都花掉了的意思；（나）則是指在此之前身體都不舒服的意思。

頻率程度副詞

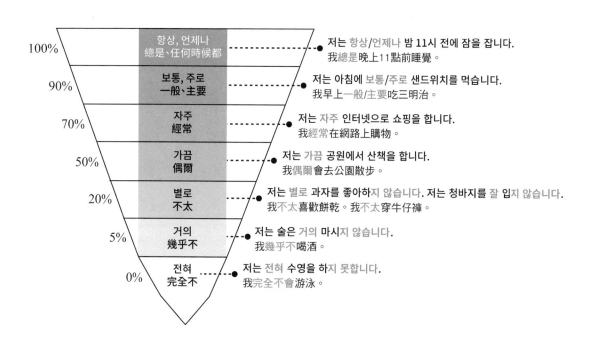

100%	항상, 언제나 總是、任何時候都	저는 항상/언제나 밤 11시 전에 잠을 잡니다. 我總是晚上11點前睡覺。
90%	보통, 주로 一般、主要	저는 아침에 보통/주로 샌드위치를 먹습니다. 我早上一般/主要吃三明治。
70%	자주 經常	저는 자주 인터넷으로 쇼핑을 합니다. 我經常在網路上購物。
50%	가끔 偶爾	저는 가끔 공원에서 산책을 합니다. 我偶爾會去公園散步。
20%	별로 不太	저는 별로 과자를 좋아하지 않습니다. 저는 청바지를 잘 입지 않습니다. 我不太喜歡餅乾。我不太穿牛仔褲。
5%	거의 幾乎不	저는 술은 거의 마시지 않습니다. 我幾乎不喝酒。
0%	전혀 完全不	저는 전혀 수영을 하지 못합니다. 我完全不會游泳。

1. 처음에는 주변에 아무도 없어서 많이 (   ) 습니다 .
   一開始身邊沒有任何人，所以非常孤獨。

2. 도시에서 살려면 돈을 많이 (   ) 합니다 .
   如果想在都市裡生活，就必須賺很多錢。

3. 저는 꼭 커피에 (   ) 를 넣어서 마십니다 .
   我一定會在咖啡裡加牛奶喝。

4. 시간이 있을 때마다 (   ) 게 좋습니다 .
   最好有時間就整理。

5. 청바지에 흰색 (   ) 입는 것을 좋아합니다 .
   我喜歡穿白色 T 恤搭配牛仔褲。

6. 저는 (   ) 강아지의 주인을 찾았습니다 .
   我找到走失小狗的主人了。

7. 할아버지는 집에 계신데 지금 (   ) 요 .
   爺爺在家，不過正在睡覺。

8. 직접 가지 않고 집에서 인터넷으로 여권을 (   ) 수 있습니다 .
   你不用親自跑一趟，就可以在家透過網路申請護照。

9. 이번 주말에 제가 좋아하는 가수의 (   ) 이 있습니다 .
   我喜歡的歌手在這個週末有演出。

10. 운전을 할 수는 있지만 아직 (   ) 않아요 .
    我雖然會開車，但是還不熟悉。

11. 시청 앞 (   ) 는 주말에 차가 다닐 수 없습니다 .
    車子在週末不能走市政府前面的道路。

12. (   ) 를 치면서 좋아하는 가수의 노래를 부릅니다 .
    我一邊彈琴，一邊唱喜歡的歌手的歌。

13. 친구가 올 때까지 약속 장소에서 ( ) 기다렸습니다 .
我在朋友來之前一直在約定的場所等待。

14. 낮에 음식을 ( ) 먹고 배가 너무 아파서 병원에 갔습니다 .
白天吃壞肚子，肚子太痛，所以去了醫院。

15. 요리 교실 ( ) 는 아이 8,000 원 , 어른 10,000 원입니다 .
料理教室參加費，小孩是 8,000 韓元，大人是 10,000 韓元。

16. 케이크의 모양과 색깔은 다르지만 맛은 ( ) 니다 .
雖然蛋糕的模樣跟色彩不同，但味道很相似。

17. 꽃을 심고 ( ) 을 가꾸는 게 보통 일이 아닙니다 .
種植花朵、維護庭園不是簡單的事情。

18. 파티에 ( ) 를 받았는데 입고 갈 원피스가 없어요 .
我受邀去參加派對，但沒有可以穿去的洋裝。

19. 제 ( ) 은 영화배우입니다 .
我的職業是電影演員。

20. 저 ( ) 에서 장미를 좀 사서 가요 .
我要去那個花店買一下玫瑰。

21. ( ) 길에 슈퍼마켓에 가서 쇼핑을 할 겁니다 .
我下班的路上會去超市購物。

22. ( ) 는 물이 많고 달아서 자주 먹습니다 .
梨子多汁又甜，所以我經常吃。

23. 아이들 ( ) 때문에 걱정이 많으시군요 .
原來您因為孩子的教育感到擔心啊。

24. ( ) 은 보통 7 월부터 9 월까지 많이 생깁니다 .
颱風一般很常在 7 月到 9 月生成。

25. 김밥을 먹기 좋게 ( ) 포장했습니다 .
我把紫菜包飯切成好吃的模樣後包起來。

26. 봄 , 여름 , 가을 , 겨울을 (   ) 이라고도 합니다 .
春天、夏天、秋天、冬天也叫四季。

27. 어제 산 (   ) 가 발에 잘 안 맞아요 .
我昨天買的皮鞋不太合腳。

28. (   ) 자고 일어나니까 머리가 맑아졌어요 .
我深深地睡了一覺起來，頭腦變得比較清晰了。

29. 할머니 생신 때 (   ) 를 써서 보냈습니다 .
我在奶奶生日的時候寫了信寄過去。

30. (   ) 를 이용하면 맛집을 찾기 쉬울 거예요 .
如果使用地圖，找美食店就會很容易。

答案

1. 외로웠	7. 주무세	13. 계속	19. 직업	25. 잘라서
2. 벌어야	8. 신청할	14. 잘못	20. 꽃집	26. 사계절
3. 우유	9. 공연	15. 참가비	21. 퇴근하는	27. 구두
4. 정리하는	10. 익숙하지	16. 비슷합	22. 배	28. 푹
5. 티셔츠	11. 도로	17. 정원	23. 교육	29. 편지
6. 잃어버린	12. 피아노	18. 초대	24. 태풍	30. 지도

第二部分：31~60 題

31. 포장을 (　　　) 선물 상자를 열어 봤습니다 .

我拆開包裝，打開了禮物盒。

32. 책은 다섯 권까지 (　　　) 수 있습니다 .

書可以借到五本。

33. 길을 잘 모를 때에는 주변 사람들에게 (　　　　　) 세요 .

認不得路的時候，可以問看看周遭的人們。

34. 지하철에는 외국인을 위한 (　　　　　) 서비스가 많이 있습니다 .

地鐵有很多為外國人而設的便利服務。

35. (　　　) 는 보통 저녁 여덟 시에 시작합니다 .

新聞一般會在晚上八點開始。

36. (　　　) 는 달고 맛있는 한국의 전통 음료수입니다 .

食醯是又甜又好喝的韓國傳統飲料。

37. 친구가 도와줘서 이사가 (　　　) 끝났습니다 .

因為有朋友幫我，搬家很快就結束了。

38. 머리가 아프면 (　　　) 에 가서 약을 사 올게요 .

如果頭痛的話，我去藥局買藥回來。

39. 어제부터 머리가 아프고 (　　　) 도 많이 나요 .

從昨天開始就覺得頭痛、發高燒。

40. (　　　) 쪽에 앉고 싶습니다 .

我想坐在窗邊。

41. 바다에서 (　　　　　) 때에는 항상 조심해야 합니다 .

在海裡游泳時，必須總是很小心。

42. 바나나 우유를 사러 (　　　　　) 에 갔습니다 .

我去便利商店買香蕉牛奶。

43. 가게 주인들은 시장을 새롭게 (   ) 위해서 노력했습니다 .

店家們為了將市場改頭換面而努力。

44. 우선 야채를 (   ) 에 깨끗이 씻어 주세요 .

請先將蔬菜放在鹽水裡洗乾淨。

45. 친구가 한국에 오는 날 (   ) 으로 마중을 나갑니다 .

我會在朋友來韓國的當天去機場接機。

46. 저는 여행할 때 직접 (   ) 을 합니다 .

我旅行的時候會親自開車。

47. 어머니는 나이가 많아서 학원에 다니는 것을 (   ) 습니다 .

母親因為年紀大了，對於上補習班這件事感到害羞。

48. 급할 때는 (   ) 도와주면서 일을 합니다 .

比較急的時候，工作上會互相幫忙。

49. 단풍 구경을 가려면 (   ) 상품을 이용해 보세요 .

如果想去賞楓，可以用看看旅行社的商品。

50. (   ) 에 나온 후 이 국수 가게가 유명해졌습니다 .

節目播出後，這間麵店變得很有名。

51. 새로운 (   ) 를 갖고 싶어서 그림을 그리기 시작했어요 .

我想要有新的興趣，所以開始畫畫了。

52. 집에 가면 주로 소파에 (   ) 텔레비전을 보거나 음악을 듣거든요 .

我回家的話主要會坐在沙發上看電視或聽音樂。

53. 버스 (   ) 에서는 담배를 피울 수 없습니다 .

不能在公車站抽菸。

54. 그 이야기는 (   ) 믿을 수 있는 이야기일 거예요 .

那個故事或許可信。

55. 산에서는 새나 작은 동물을 (   ) 안 됩니다 .

不能在山裡抓鳥或小動物。

56. 가게의 직원은 모든 손님에게 (　　　　　　　　　) 인사합니다 .

商店的職員對全部的客人都親切地問候。

57. 산을 좋아해서 자주 (　　　　) 을 합니다 .

我喜歡山，所以經常去爬山。

58. (　　　　) 끓일 때 김치하고 계란 넣어 주세요 .

煮泡麵的時候請加辛奇跟雞蛋。

59. 손에 (　　　　) 을 들고 밥을 먹으면 안 됩니다 .

不能用手把碗拿起來吃飯。

60. 제가 (　　　　) 을 가지고 왔으니까 우리 같이 써요 .

我有帶雨傘來，一起撐吧。

答案

31. 뜯고	37. 금방	43. 바꾸기	49. 여행사	55. 잡으면
32. 빌릴	38. 약국	44. 소금물	50. 방송	56. 친절하게
33. 물어보	39. 열	45. 공항	51. 취미	57. 등산
34. 편리한	40. 창문	46. 운전	52. 앉아서	58. 라면
35. 뉴스	41. 수영할	47. 부끄러워하셨	53. 정류장	59. 그릇
36. 식혜	42. 편의점	48. 서로	54. 아마	60. 우산

61. 냉장고가 고장 나서 방문 수리 (   ) 를 받고 싶은데요 .

冰箱故障了，所以我想申請到府修理服務。

62. 집에서 직접 만드는 과일 (   ) 는 신선하고 맛있습니다 .

我在家親自做的果汁新鮮又好喝。

63. 금년이 졸업인데 졸업 후에 무슨 (   ) 이 있어요 ?

你今年即將畢業，畢業之後有什麼計畫呢？

64. 그림을 좋아해서 평소에 (   ) 에 자주 와요 .

因為喜歡畫，所以平時很常來美術館。

65. 저는 시내를 구경하려고 (   ) 버스를 탑니다 .

我有時會搭公車去市中心逛逛。

66. 요즘 좋은 공연이 많으니까 (   ) 으로 한번 알아보세요 .

最近有很多不錯的演出，可以用網路查查看。

67. (   ) 이 되니까 아침 , 저녁에는 좀 추워요 .

秋天到了，早上跟晚上有點冷。

68. (   ) 으로 샌드위치를 만들어서 먹습니다 .

我用吐司做三明治來吃。

69. 할머니께서 맛있는 된장찌개와 밥을 (   ) 주셨습니다 .

奶奶做了好吃的大醬湯跟飯。

70. 저는 친구를 많이 (   ) 싶습니다 .

我想交很多朋友。

71. 우리 아이는 공부에 (   ) 관심이 없는 것 같아요 .

我的孩子對讀書好像完全沒有興趣。

72. 이사 (   ) 으로 모두 삼십만 원을 썼습니다 .

搬家費用全部花了三十萬韓元。

73. 새 의자가 ( ) 서 공부할 때마다 잠이 옵니다.

新椅子很安穩，所以每當讀書時都會想睡覺。

74. 영화가 너무 재미있어서 ( ) 을 참을 수 없습니다.

電影太有趣，實在忍不住笑。

75. 이 시장은 요즘에 사람이 ( ) 오지 않습니다.

這個市場最近幾乎都沒人來。

76. 할아버지 집에는 ( ) 물건들이 많이 있습니다.

爺爺家裡有很多久遠的物品。

77. 저녁에 손님이 오기 때문에 꽃도 사고 집도 ( ) 습니다.

因為晚上有客人要來，我買了花也打掃了房子。

78. 햇빛이 강하니까 ( ) 를 쓰고 나가세요.

陽光很強，請戴帽子再出去。

79. 힘든 4년이 끝나고 ( ) 대학을 졸업합니다.

結束辛苦的四年，終於從大學畢業。

80. 여권을 잃어버리면 빨리 ( ) 으로 가야 합니다.

如果護照不見了，就必須趕快去大使館。

81. 기타를 잘 치려면 매일 ( ) 않고 연습하는 게 중요해요.

如果想把吉他彈好，每天記得練習是很重要的。

82. 어제 문구점에서 ( ) 한 권을 샀습니다.

我昨天在文具店裡買了一本筆記本。

83. 가족들과 ( ) 이 시간이 정말 즐겁습니다.

跟家人在一起的這段時光真的很愉快。

84. 여기에 살고 계신 곳 ( ) 를 좀 써 주세요.

請寫下你在這裡住的地方的地址。

85. 저는 아침에 일어나서 ( ) 를 켜고 음악을 듣습니다.

我早上起來打開廣播聽音樂。

86. 이 가방은 (　　　　　　　　) 무겁습니다.

這個包包很堅固，但是很重。

87. 하늘에 구름도 하나 없는 (　　　　) 날씨입니다.

天空一朵雲都沒有，是很晴朗的天氣。

88. 라면 (　　　　) 은 다 마시지 않는 게 좋습니다.

泡麵的湯汁最好不要喝完。

89. 가장 (　　　　) 에 남는 영화는 '러브 스토리' 입니다.

我最印象深刻的電影是「愛的故事」。

90. 콘서트에서 같이 노래를 따라 부르고 소리를 (　　　　) 습니다.

我在演唱會一起跟著唱歌、尖叫。

答案

61. 서비스	67. 가을	73. 편안해	79. 드디어	85. 라디오
62. 주스	68. 식빵	74. 웃음	80. 대사관	86. 튼튼하지만
63. 계획	69. 지어	75. 거의	81. 잊지	87. 맑은
64. 미술관	70. 사귀고	76. 오래된	82. 공책	88. 국물
65. 가끔	71. 전혀	77. 청소했	83. 함께하는	89. 기억
66. 인터넷	72. 비용	78. 모자	84. 주소	90. 질렀

Note

韓檢初級大數據重點單字/吉政俊著;陳慧瑜譯. -- 初版.
-- 臺北市:日月文化出版股份有限公司, 2021.10
288 面;19*25.7 公分 . --(EZ Korea 檢定;9)

ISBN 978-986-0795-52-3(平裝)

1. 韓語 2. 詞彙 3. 能力測驗

803.289   110014224

EZ Korea 檢定 09

韓檢初級大數據重點單字

作　　者：吉政俊
譯　　者：陳慧瑜
編　　輯：邱曼瑄、郭怡廷
美術設計：曾晏詩
內頁排版：唯翔工作室
韓文錄音：吉政俊、鄭美善
錄音後製：純粹錄音後製有限公司
行銷企劃：陳品萱

發 行 人：洪祺祥
副總經理：洪偉傑
副總編輯：曹仲堯
法律顧問：建大法律事務所
財務顧問：高威會計師事務所

出　　版：日月文化出版股份有限公司
製　　作：EZ 叢書館
地　　址：臺北市信義路三段 151 號 8 樓
電　　話：(02) 2708-5509
傳　　真：(02) 2708-6157
客服信箱：service@heliopolis.com.tw
網　　址：www.heliopolis.com.tw
郵撥帳號：19716071 日月文化出版股份有限公司

總 經 銷：聯合發行股份有限公司
電　　話：(02) 2917-8022
傳　　真：(02) 2915-7212
印　　刷：中原造像股份有限公司
初　　版：2021 年 10 月
定　　價：380 元
I S B N：9789860795523